LA GUERRE D'ESPAGNE,

POËME

EN STANCES RÉGULIÈRES,

QUI A CONCOURU POUR LE PRIX DÉCERNÉ PAR LA SOCIÉTÉ ROYALE
DES BONNES-LETTRES, DANS SA SÉANCE DU 6 FÉVRIER.

PAR M. LE Ch^{er}. DE FONVIELLE,

DE TOULOUSE,

Secrétaire perpétuel de l'Académie des Ignorans, auteur de deux
Poëmes antérieurs publiés sur le même sujet, l'un, le 30 juillet,
l'autre, le 15 Décembre 1823.

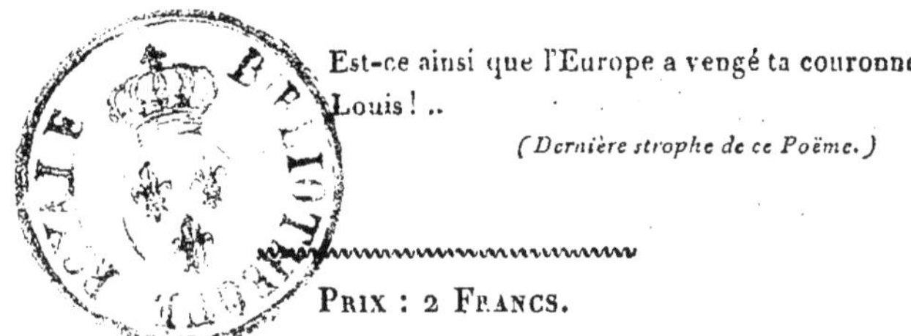

Est-ce ainsi que l'Europe a vengé ta couronne,
Louis ! ..

(Dernière strophe de ce Poëme.)

PRIX : 2 FRANCS.

PARIS,

CHEZ ANTH^e. BOUCHER, IMPRIMEUR-LIBRAIRE,
RUE DES BONS-ENFANS, N°. 34;
ET CHEZ TOUS LES MARCHANDS DE NOUVEAUTÉS.

8 Février 1824.

LA GUERRE

D'ESPAGNE,

POËME.

LA GUERRE D'ESPAGNE,

POËME

EN STANCES RÉGULIÈRES,

QUI A CONCOURU POUR LE PRIX DÉCERNÉ PAR LA SOCIÉTÉ ROYALE
DES BONNES-LETTRES, DANS SA SÉANCE DU 6 FÉVRIER.

Par M. le Ch^{er}. de FONVIELLE,

DE TOULOUSE,

Secrétaire perpétuel de l'Académie des Ignorans, auteur de deux
Poëmes antérieurs publiés sur le même sujet, l'un, le 30 juillet,
l'autre, le 15 Décembre 1823.

> Est-ce ainsi que l'Europe a vengé ta couronne,
> Louis !..
>
> *(Dernière strophe de ce Poëme.)*

PARIS,

CHEZ ANTH^e. BOUCHER, IMPRIMEUR-LIBRAIRE,
RUE DES BONS-ENFANS, N°. 34 ;
ET CHEZ TOUS LES MARCHANDS DE NOUVEAUTÉS.

8 Février 1824.

AVANT-PROPOS.

J'AVAIS, dès le mois d'août 1823, publié, sur la guerre d'Espagne, un poëme que le Roi avait daigné me permettre de lui présenter le jour de la saint Louis, et qui, par cette raison, a reçu, sur son frontispice, le second titre de BOUQUET A SA MAJESTÉ, *pour le jour de sa fête.*

Cet ouvrage, où j'avais pu m'étendre assez pour n'avoir pas à en développer le texte, avait paru sans aucun commentaire, sans préface, sans notes, même sans nom d'auteur; et, malgré les taches qui le déparent et que je me serais efforcé de faire disparaître, ou du moins d'affaiblir, dans une nouvelle édition, si elle eût pu avoir lieu, peut-être ne méritait-il pas le dédain des journaux, surtout des journaux royalistes, ou se croyant tels, qui, un seul excepté, n'en ont pas même signalé l'existence, encore aujourd'hui ignorée de leurs abonnés.

Les événemens de la guerre sacrée que, le premier, j'avais entrepris de chanter (comme, le premier (1), j'en avais proclamé la nécessité, et prédit le succès), étaient encore loin d'avoir acquis leurs

______

(1) *Voy.* le dernier numéro du 5ᵉ. volume du *Mercure royal.*

développemens miraculeux. Je m'y étais donc érigé en prophète, et ceux qui l'ont lu durent, lorsque Ferdinand VII eut recouvré sa liberté, être frappés de la parfaite concordance qui existe entre *la prévision* de ma muse, et entre *le récit historique* des beaux faits d'armes qui ont amené cet heureux dénoûment.

La Société des Bonnes-Lettres, adoptant ou partageant déjà ma confiance dans l'issue de cette guerre, ainsi que moi, n'attendit pas qu'elle fût terminée pour en célébrer le succès. Elle offrit à l'émulation des amis de la monarchie un prix destiné à celui qui serait jugé avoir le mieux atteint ce noble but dans le cadre de cent à deux cents vers.

D'abord je me bornai à applaudir au zèle de cette Société, sans songer à répondre à l'appel qu'elle faisait aux muses royalistes, croyant la dette de la mienne déjà assez payée par un poëme de près de sept cents vers. Mais à peine l'arrivée du Roi Ferdinand au port Sainte-Marie fut-elle connue à Paris, que, quoique préparé à cet événement, je me sentis saisi d'un tel enthousiasme, que j'osai aspirer au prix proposé, et, dès le 14 octobre, c'est-à-dire, moins de huit jours après que le télégraphe nous eut apporté cette grande nouvelle, mon deuxième poëme était prêt à être envoyé au concours.

Cependant ce concours devant n'être fermé, suivant les premiers avis que j'avais lus dans les journaux, que le 1er. avril 1824, et les événemens s'étant accumulés avec une telle rapidité, que S. A. R. Mgr. duc d'Angoulême fut annoncé comme devant faire son entrée triomphante à Paris vers la mi-décembre, je calculai que, d'après cette fixation de la fermeture du concours, les poëmes qui y auraient été présentés ne pourraient guère être publiés qu'en mai ou juin, époque où ils n'offriraient plus le même intérêt qu'à celle du retour du Prince généralissime; et du moment que j'eus connaissance de la fête que la ville de Paris se proposait d'offrir à ce héros pacificateur, je renonçai à concourir, et je fis mes dispositions pour que mon deuxième poëme parût le jour même de cette fête, et c'est ce qui a eu lieu.

J'ai, pour celui-ci, éprouvé des journaux royalistes le même traitement que pour celui qui l'avait précédé. Aucun d'eux, un seul excepté, n'en a même annoncé le titre. Plus tard, et très long-temps après son apparition, un deuxième journal a donné cette annonce; mais il s'est borné là. En sorte que ce deuxième ouvrage est resté à-peu-près ignoré comme son devancier.

Je n'examine pas jusqu'à quel point j'ai mérité ce dédaigneux silence, et si je n'ai pas plutôt à m'en louer qu'à m'en plaindre. Je dirai seulement que c'est à moi seul que j'ai le droit d'en faire reproche. J'ai la naïveté de penser que tout journal doit à ses abonnés de leur faire connaître ce qui peut les intéresser, soit en politique, soit en littérature; j'ai la faiblesse de croire, quand je publie un ouvrage quelconque, qu'il n'est pas dépourvu de toute utilité pour la circonstance qui me l'a inspiré; je m'en rapporte donc à la conscience de Messieurs les Journalistes, et je me borne à leur envoyer les deux exemplaires dont ils imposent le tribut à tous les écrivains, sans me permettre (tous sont en état de me démentir, si j'en impose), sans me permettre, dis-je, d'aller une seule fois les inviter à remplir ce qui me semble leur devoir; sans leur apporter, par conséquent, comme tant d'autres, des articles tout faits pour lesquels je me sens frappé d'une stérilité absolue; sans chercher à capter leurs suffrages; sans employer enfin aucun de ces moyens qui ressemblent tant à l'intrigue, et qui, par cela seul, me répugnèrent de tout temps, et me répugneront toujours, quoiqu'on m'assure qu'il n'est pas d'autre voie pour qu'un homme de lettres obtienne, du moins de son vivant, les regards du Public.

Le plus sot de tous les calculs est, j'en suis fortement convaincu, celui de se mettre à la merci de la paresse humaine. C'est cependant ce que je fais par principes, par caractère. Aussi déjà vois-je tel barbouilleur boîteux prendre au mot l'aveu que je fais, et tailler en riant sa plume pour déclarer que j'entre très bien dans mon rôle, et qu'en effet je ne suis autre chose qu'un sot. A lui permis. Je ne prendrai pas plus la peine de m'en défendre, que je ne me défends de ceux qui, contestant la pureté de mes principes, la constance de ma vieille fidélité, prétendent m'exclure de la communion royaliste, à laquelle pourtant j'ai fait d'assez durs sacrifices, et donné des gages d'assez grande valeur depuis trente-cinq ans.

Quoi qu'il en soit les bonnes gens, les hommes sages, les esprits droits en jugeront, ce me semble, tout autrement ; et ceux qui sauront que j'ai publié, seulement depuis la restauration, *la Théorie des factieux dévoilée et jugée par ses résultats* (1) ; un recueil de Fables qui m'ont valu quelques éloges (2) ; huit pièces de théâtre refusées au Théâtre-Français, ou à l'Académie royale de Musique, et que j'ai postérieurement recueillies en deux gros volumes in-8°. (3) ; une Ode sur la mort de Louis XVI, une sur la mort du prince de Condé ; un *Voyage en Espagne en* 1798, publié à l'ouverture de la campagne qui vient de finir (4), etc., etc., etc. ; plus récemment enfin deux poëmes sur la guerre d'Espa-

---

(1) 1 Vol. in-8°., chez Dentu, au Palais Royal.

(2) 1 Vol. in-8°., chez Didot, rue du pont de Lodi, et chez Anth^e. Boucher, rue des Bons-Enfans, n°. 34.

(3) Chez Anth^e. Boucher.

(4) 1 Vol. in-8°., chez le même.

gne (1), non compris celui qui suit; ceux-là, dis-
je, s'étonneront du silence perpétuel qu'ont gardé
sur tous ces écrits, non-seulement les journaux
royalistes, mais encore et surtout les journaux révolutionnaires, dont le mutisme est peut-être l'éloge
dont je dois me sentir le plus flatté, on conçoit
bien pourquoi.

Huit ouvrages refusés sur nos deux premiers théâtres ! quelle recommandation est-ce donc pour le
recueil que j'en ai formé ? Ne dois-je pas des remer-
cîmens aux journaux qui m'ont sauvé l'affront de
paraître devant le public dans une posture si hum-
ble ? Cela peut être vrai. Cependant il n'est pas
impossible que j'eusse percé, tout comme un autre,
la foule qui assiége nos théâtres, si, comme un
autre, j'eusse fait autre chose qu'envoyer mes pièces
au secrétariat, et les y faire reprendre après le refus
prononcé de les admettre à la lecture ou à la scène.
J'ai quelque soupçon, par exemple, qu'il m'aurait
fallu peu d'intrigue pour faire admettre mon opéra
d'*Agar au désert*, encore inédit, qui (j'en ai reçu
le procès-verbal authentique) a été refusé *comme
trop bien écrit, et ne laissant pas assez de ressource
au musicien*, ce qui n'a pas empêché M. Spontini
de me le demander à plusieurs reprises, et de l'em-
porter à Berlin pour en faire la musique, ayant

---

(1) Deux Brochures, chez Anth^e. Boucher, rue des Bons-
Enfans, n°. 34.

enfin dompté ma répugnance à la tirer de mon portefeuille, autrement que pour la publier avec le procès-verbal de la séance du jury qui l'a refusé.

Que l'on se représente un homme inhabile à l'intrigue; qui, pénétré de ses devoirs, s'imagine que chacun se fait des siens une affaire sérieuse; et qui, retiré au sein de sa famille, n'appartient à aucune coterie, ne paraît dans aucune réunion, dans aucun cercle, se complait dans son isolement, et n'a, par conséquent, aucuns prôneurs; on sera peut-être tenté de se convaincre par soi-même si ses écrits (sans compter les quinze volumes de son *Mercure royal*, ou de son *Parachute monarchique*, qui n'ont pas été tout-à-fait inutiles à la cause royale, et où on ne saurait trouver une seule hérésie politique) ne méritent pas les regards de l'honnête homme et de l'homme de goût, comme semble le donner à penser l'accord de tous nos journalistes pour les enfoncer dans l'oubli, d'où tôt ou tard pourtant nos biographes seront enfin forcés de les faire sortir, et peut-être avec quelque avantage pour ma famille et pour ma mémoire.

Je profite de l'occasion que j'ai d'indiquer au public où l'on peut se procurer ceux dont les éditions ne sont pas encore épuisées, et je reviens, pour ne plus le quitter, au troisième poëme sur la guerre d'Espagne qui suivra cet avant-propos.

Je venais de publier le deuxième poëme originairement destiné au concours ouvert par la Société des Bonnes-Lettres, lorsque les journaux m'annoncèrent que ce concours, auquel je ne songeais plus, serait fermé, non plus au mois d'avril, mais au 1er. janvier.

Le 17 décembre, je me sentis enclin à me présenter à ce concours par un troisième ouvrage. Cette idée fermenta dans ma tête pendant vingt-quatre heures. Le 18 je me mis à l'ouvrage, persuadé que j'avais assez de temps à moi pour remplir cette nouvelle tâche. Le 20, mon travail, mis au net par une plume étrangère, fut déposé au secrétariat de la Société des Bonnes-Lettres. Molière a dit avec raison : *Le temps ne fait rien à l'affaire.* Aussi, n'est-ce pas pour m'en faire un mérite que je consigne ici le souvenir de la rapidité de ma composition : c'est uniquement pour prouver combien est riche le sujet de la guerre d'Espagne, et combien un moment de verve heureuse, saisi à propos, peut suppléer avec avantage le *sœpe stilum vertas* du législateur du Parnasse, dont Boileau a confirmé l'arrêt.

Mon poëme n'a point été couronné ; j'ignore même, au moment où j'écris, s'il a obtenu une mention honorable. J'ai lu en manuscrit celui qui a obtenu le prix, le hasard m'ayant fourni l'occasion d'en recevoir la communication de la part de l'auteur lui-même.

Je suis loin de récriminer contre les juges du concours. Il y a du mérite réel dans l'œuvre du jeune poète qui a remporté la palme académique. Il est bien que ce talent naissant, qui appartient à la bonne école, ait reçu cet encouragement, que, j'en ai la preuve physique, il ne doit à aucune intrigue. Je confirme donc, autant qu'il m'est possible de le faire, ne connaissant du concours que son poëme et le mien, je confirme, dis-je, le jugement qui l'a fait mon vainqueur. C'est même avec plaisir que j'ajoute ici une fleur à sa couronne, à laquelle, peut-être, d'autres amours-propres, plus aveugles et moins complaisans que le mien, chercheront plutôt à mêler des épines. Mais, au-dessous de la première place, que je n'ai pas méritée, puisque je ne l'ai pas obtenue, il en est une qui m'appartient nécessairement, et j'ai cru me devoir à moi-même de mettre le public à portée de me l'assigner.

Paris, 8 février 1824.

LA GUERRE D'ESPAGNE,

POËME

EN STANCES RÉGULIÈRES.

> Dieu a tout fait.
> LOUIS XVIII.

— ❦ —

Oᴏ ʀɴᴇᴍᴇɴᴛ du sacré vallon
Qu'ont célébré les vers de Virgile et d'Horace ;
 Muses qui, du haut du Parnasse,
Inspirâtes Pindare, Homère, Anacréon ;

Au Scandinave obscur, au Barde monotone,
Laissant leur froid délire et leurs sombres écarts,
Je n'emprunterai point leur lyre qui résonne
Sous leurs doigts vagabonds au milieu des brouillards.

Peu jaloux des succès d'une tourbe rebelle,
Dont le faux goût du siècle encense les travers,
Bien loin de dédaigner vos lauriers toujours verts,
A leur culte sacré je resterai fidèle.

Mais , au nom du Dieu des Chrétiens
Quand je viens conjurer nos publiques tempêtes ,
Dois-je ailleurs que chez ses prophètes
Demander des leçons et chercher des soutiens ?

Non, non , du roi David la harpe harmonieuse
Qui chanta de Sion la gloire et les douleurs ,
M'offre ses sons divins ; ma voix religieuse
Va célébrer des lis les récentes splendeurs.

Dieu de Jacob, l'aspect de tes derniers miracles
D'une ardeur inconnue a pénétré mon sein ,
Je vais les raconter : qu'à l'œuvre de ta main
Tout rende hommage. Impie, écoute mes oracles.

Lasse de sa prospérité ,
La France, de sa honte elle-même complice (1) ,
Crut se voir sur un précipice ,
Et chercha son salut dans l'infidélité.

Jusqu'alors, par ses arts, par sa riche industrie,
Puissante, respectée, et libre sous ses rois,
Elle avait vu la terre admirer l'harmonie
De ses aimables mœurs et de ses douces lois.

Tout-à-coup un vain cri, que nul ne sait comprendre (2),
Mais que chacun répète en pâlissant d'horreur,
De l'affreuse anarchie , horrible avant-coureur ,
Fait taire la raison , qu'on ne veut plus entendre.

« Mort à tout dilapidateur !
» Plus d'abus, de tyrans ! Brisons d'indignes chaînes !...» (3)
Aveugles passions humaines !...
L'Anglais encouragea ce cri perturbateur !... (4)

Quoi ! lorsque, d'un fléau, le Ciel, dans sa vengeance,
Frappe une nation objet de son courroux,
Se peut-il ?... Mais l'Anglais nourrit, contre la France
Complice de Boston, un souvenir jaloux !...

Ici, d'un Dieu vengeur je reconnais l'ouvrage.
Pour châtier la France, il flétrit ses lauriers.
Il la punit d'avoir envoyé ses guerriers
De la révolte au loin faire l'apprentissage (5).

Voyez-la, de sa propre main
Qu'arme un effroi bizarre, auteur de sa démence,
Avide de sa décadence,
Exciter ses enfans à déchirer son sein.

Ils ne respectent rien, ni l'autel, ni le trône.
Tout périt sous leurs coups. Les monumens des arts
Que le sang a souillés, que le crime environne,
Eux-mêmes en débris tombent de toutes parts.

Sous ses toits renversés, telle, presque en notre âge,
Lisbonne ensevelit ses tristes habitans ;
Telles, mais l'emportant d'horreur sur les volcans,
Les révolutions signalent leur passage.

2

L'Europe, à ce spectacle affreux,
D'une sainte pitié semble sentir l'atteinte;
Mais bien plutôt cède à la crainte
Du fléau menaçant qui grossit sous ses yeux.

Elle s'arme; elle court arrêter l'incendie
Qui, sans cesse aspirant à de nouveaux progrès,
Étend le cercle immense où règne sa furie,
Attisé chaque jour par de nouveaux forfaits.

Des vengeurs de Louis il n'est de cœur fidèle
Qui déjà ne s'apprête à seconder l'effort;
Tout vrai Français respire (6), et dans un saint transport
Les couronne déjà d'une palme immortelle.

Mais, ô honte! ô fille d'enfer!
Aveugle Ambition! de tes rêves coupables
Crois-tu, dans ces temps déplorables,
Pouvoir impunément cueillir le fruit amer?

Sans courir les hasards des sanglantes batailles,
Valenciennes, Condé, vous traitant en amis,
Germains, vous ont reçus dans leurs chastes murailles;
Et l'Aigle s'y déploie à leurs regards surpris!

Prussiens, tout s'appaisait à votre heureuse approche;
Paris vous appelait en vous tendant les bras...
Mais un calcul avare arrête vos soldats !...
Sourds au cri de l'honneur, vous bravez son reproche!

Dieu voit tout; Dieu vous punira (7):
Vous n'échapperez point aux traits de sa vengeance.
Si votre perfide assistance
Envenime nos maux , sa main les guérira.

Mais combien de ces maux mon âme est confondue!
Grand Dieu! combien leur poids doit nous sembler pesant!
Pour laver les forfaits qui vont frapper ma vue ,
Pourquoi tremper nos mains dans le sang innocent?

Quoi! celui qui des rois fut le modèle auguste,
Quoi! Louis!... où laissé-je égarer mon esprit?...
Pour mêler un sang pur au sang de Jésus-Christ,
Sans doute ta justice a fait choix du plus juste (8)!

Acceptant ce sang précieux,
Que ton courroux enfin s'appaise et nous pardonne!...
Non, non : tout ennemi du trône
Doit du Juif mécréant subir le sort affreux.

Qu'en horreur à lui-même , en horreur à la terre,
Expiant les fureurs de son zèle assassin ,
Il voie un jour du Ciel l'implacable colère
Marquer son front du sceau des enfans de Caïn (9).

L'Europe aura son tour : que l'Europe en frémisse!
Au glaive d'un soldat ce ciel va la livrer...
Il se couronne!... il part!... il va la dévorer,
Faisant ainsi l'apprêt de son propre supplice (10).

2..

Ah! si moins fier de ses succès ,
Dont Dieu seul fut l'auteur, mais qu'il croit son ouvrage ,
Il eût rendu leur héritage ,
Leur rang, leurs lis, leur trône aux fils du Béarnais (11) !

Pour les siens, des honneurs quelle carrière vaste !
Quelle gloire sans tache eût payé ce haut fait !...
Mais l'État qu'il détruit, la cité qu'il dévaste,
De son farouche orgueil atteignent mieux l'objet (12).

Ainsi , sur les forfaits fondant sa politique,
A son tour il boira le sang de nos Bourbons (13),
Prélude sacrilége à de lâches affronts
Que sa fourbe réserve au trône catholique.

Ce crime a marqué le déclin
De l'astre malfaisant qui ravagea la terre (14).
Moscou va fermer sa carrière ;
Moscou l'attend : lui-même y va hâter sa fin.

Il part plus menaçant, plus fier que la tempête !
Il reviendra fuyard, aussi prompt que le vent (15).
France, sème des fleurs qui pareront ta tête
Les pas de tes Bourbons que l'Europe te rend.

Vouant à ton bonheur sa facile victoire ,
O miracle ! l'Europe efface tous ses torts (16) !
A l'aspect de Louis, qu'accueillent tes transports,
Que le Corse, en partant, sente quelle est sa gloire.

Que vois-je ? Eh ! quel crime inconnu
Arme encor contre nous la colère céleste ?
    De ce soldat le joug funeste
Pèse encore sur nous !... le voilà revenu ! (17)

Nos Bourbons , abusés par des conseils perfides,
A nos yeux consternés reculent devant lui ;
Et l'homme du destin , parmi les régicides ,
Cherche de son pouvoir le principal appui !...

Mais quoi !... déjà , couvrant le fracas de la guerre,
J'entends des cris bruyans d'allégresse et d'amour !...
France , aux yeux de ces rois qui composent sa cour,
Tombe aux pieds de celui que tu nommas ton père.

    Pour toi , son lâche usurpateur,
Va tendre à la Tamise une main suppliante.
    Battu par la mer écumante,
Le rocher qui t'attend sera notre vengeur.

Pars , et que , de ton poids à jamais affranchie ,
L'Europe... Mais qu'entends-je ?... eh ! que veulent ses rois ?
De quel droit , à quel titre , ô ma chère patrie !
Leur livrer tes trésors et recevoir leurs lois ?

Des droits ?... Ne t'ont-ils pas ramené ton monarque ?...
Ils te vendent leur gloire : ils en veulent le prix... (18)
Dieu veille !... achète-la... cède... donne à Louis
De ton amour pour lui cette nouvelle marque.

Mais lorsque, au sein d'un calme heureux,
Ce Roi sage a TROUVÉ (19) de sages interprètes
Des lois que son cœur nous a faites,
D'où partent ces clameurs, ces cris séditieux ?...

La révolte aux abois, d'un éternel silence
Semblait avoir subi le frein réparateur...
Cependant !... ô folie ! ô fatale imprudence !
Outrant le sage oubli de sa lâche fureur,

Avec elle du trône on rêve l'alliance (20) !
Quel système ! quel gouffre il ouvre sous nos pas !...
Il enfante Louvel ! lui seul arme son bras !...
Que de pleurs cette erreur va coûter à la France !

Hélas ! Prince trop malheureux !
Si Dieu, dans sa colère, a permis ce grand crime,
Et t'a désigné pour victime,
D'un caprice funeste et d'un plan monstrueux,

Que ton sang généreux suffise à sa vengeance !
Qu'appaisé par nos pleurs !... ô miracle nouveau !
O bienfait ineffable ! ô trop heureuse France !
D'un autre DIEUDONNÉ prépare le berceau. (21)

BERRI n'est point sorti tout entier de la vie.
Sa Compagne survit : elle te le rendra.
La race de tes Rois de son sein renaîtra.
Bénis la femme forte, espoir de la patrie.

La révolte s'agite encor!...
Dieu, qui la suit de l'œil, des coups qu'il lui prépare,
　　Semble se montrer trop avare!...
Ne nous effrayons point de son dernier effort. (22)

Souffrons ce que Dieu souffre. A Madrid, à Lisbonne,
Dans Naples, dans Turin, à sa perte elle court.
Elle insulte à l'autel, elle outrage le trône;
Mais ses jours sont comptés : son règne sera court.

Français, entendez-vous quelle voix vous appelle?
Aux armes! Répondez à l'ardeur d'un héros.
Vétérans de la Gloire (23), unis sous ses drapeaux,
De nos jeunes soldats allez guider le zèle.

　　Dernier asile des pervers,
Dont François a déjà su purger l'Italie,
　　Seule enfin la triste Ibérie,
Abhorrant leurs excès, se débat dans leurs fers.

Écume de l'Europe et bravant sa vengeance,
Un ramas de bandits osant l'y défier,
Invoque de vains droits qu'a forgés sa démence,
Et sous son joug sanglant jure de la plier.

Louis de son devoir entend la voix suprême;
Inspiré par Dieu même il saura le remplir.
Il parle : ses guerriers s'empressent d'accourir,
Sûrs de trouver la gloire où sera d'ANGOULÊME (24).

        Ne pouvant, du fils de nos Rois,
Dire tous les hauts faits (25), je les lègue à l'histoire.
        Rapides comme sa victoire,
Coulez mes vers, coulez sans compter ses exploits.

Je sens qu'à cet Achille il faut un autre Homère;
Et puisque aussi lui-même IL TRIOMPHE EN COURANT,
Ma harpe ira l'atteindre au bout de sa carrière,
Incapable, en son cours, de suivre ce torrent.

Quand, sifflant dans les airs, part le trait homicide,
L'archer le poursuit-il de son œil impuissant?
Louis, tel est ton Fils ! où la gloire l'attend
Il vole, non moins prompt que la flèche rapide.

        César vint, il vit, il vainquit.
Son émule, vainqueur même avant de paraître,
        Aura donc surpassé ce maître.
A son seul nom tout cède et la Discorde fuit.

Malheur à l'ennemi qui croit lui faire obstacle !
Trocadéro, dis-nous ce que pèse son bras.
Tu le sais ; et toi-même admiras le spectacle
D'un héros sur ta brèche animant ses soldats.

Enfin tout s'accomplit, et Ferdinand est libre !
Le voilà dans les bras de son libérateur !
La révolte, abattue, aux pieds de son vainqueur,
Expire, et l'univers reprend son équilibre.

France, contemple avec fierté
Ton Héros, dont l'Espagne a béni la victoire.
Il ne lui vendra point sa gloire !
Elle passera pure à la postérité.

Il lui rend son monarque; et son cœur magnanime,
D'accord avec le cœur du plus sage des rois,
De ce noble pays n'emporte que l'estime,
Lui laissant ses trésors, et ses mœurs, et ses lois.

Est-ce ainsi que l'Europe a vengé ta couronne,
Louis !... Mais étouffons ce honteux souvenir ;
Et, pour désarmer Dieu, s'il songe à l'en punir (26),
Donnons-lui son pardon, afin qu'il lui pardonne.

FIN.

Au moment d'ordonner le tirage de cette feuille, je suis informé que le concours au prix proposé par la Société des Bonnes-Lettres s'est composé de cent trente-cinq Poëmes, dont cent vingt-un ont été rejetés en masse, comme ne pouvant être admis à concourir ; et que, sur les quatorze restant, qui, seuls, ont été soumis à la discussion de la Commission nommée pour décerner le prix, trois seulement ont été distingués à côté de celui que cette Commission a couronné.

J'ai voulu connaître quel a été, en dernière analyse, le sort du mien... Hélas ! c'est bien ici le cas de le redire :

Et habent sua fata libelli !

Le mien n'est pas du nombre des trois dont je viens de parler... Il ne compte pas même dans les quatorze qui ont concouru... Tout simplement, il a été rejeté dans la foule de cent vingt-un, auxquels les juges du concours n'ont pas cru devoir prodiguer leur attention.

Ce désappointement, contre lequel je ne réclame pas, devrait me détourner d'offrir au public un ouvrage ainsi accueilli par une société savante qui n'a pu que lui rendre justice. Mais je suis trop avancé pour revenir sur mes pas. Le public m'en absoudra, s'il le veut ; la Société des Bonnes-Lettres, si elle le peut ; quant à moi, quelque jugement qu'on porte de ma témérité, je le subirai sans murmure... Je vais plus loin (et je ne désespère pas que plus d'un de mes lecteurs ne devine toute ma pensée), cette rigueur même me semble mettre mon amour-propre infiniment plus à l'aise que n'aurait pu le faire l'honneur de la seconde place, n'ayant pas obtenu la première. *Solatio miserorum est habere pares.*

11 Février 1824.

NOTES.

(1) La France de sa honte elle-même complice ,

Peut-on se rappeler sans pitié la terreur ridicule dont la France fut saisie , comme par enchantement, du nord au midi , du levant au couchant , au bruit qui se répandit, presque le même jour sur toute sa surface, de l'irruption d'une nuée de brigands accourus , ou plutôt, sans doute, tombés subitement des nues pour la ravager ; lorsque de semblables jongleries, tout aussi niaisement absurdes, telles que la menace du retour des dîmes, des droits féodaux, du retrait des biens nationaux , du pouvoir absolu, et tant d'autres billevesées non moins pitoyables, trouvent, après trente-cinq ans de charlatanismes de toutes les couleurs, tant de misérables dupes pour lesquelles les journaux libéraux, qui ne cessent pas un seul instant de les en effrayer, sont des oracles qui les font mouvoir à leur gré ? Nous sommes cependant , nous dit - on , au siècle des lumières, et la France en est le foyer.... Serait-il donc vrai qu'il n'est point de chimères dont on puisse se flatter que le bon sens des peuples saura se défendre de se laisser enfiévrer, et que l'expérience des générations qui s'écoulent en se précipitant les unes sur les autres dans les gouffres de l'éternité, n'est d'aucun poids, d'aucun profit pour celles qui les suivent ? Je dirais bien à qui en est la faute. Mais l'esprit du siècle est là sur le qui vive, sans cesse prêt à se ruer comme un tigre sur les vérités qu'il redoute, et disposé à crier haro sur quiconque voudrait lui arracher des

mains les jouets dangereux dont ses docteurs, les philosophes, amusent leurs bruyans adeptes, grands enfans, qu'on
retrouve partout, jusque sur les hauteurs de la hiérarchie so-
ciale. Laissons agir le temps. La folie de celui qui court passera ; d'autres folies prendront sa place : c'est le sort de la
pauvre humanité ; il faut bien s'y soumettre. Ce qu'il y a, fort
heureusement, de consolant dans cet enchaînement d'erreurs dont notre terre est le constant théâtre , c'est qu'il
est impossible qu'il en surgisse jamais d'aussi tristes, d'aussi
turbulentes , d'aussi subversives de tout lien social que
celles que nos maniaques proclament à tue-tête comme le
plus sublime effort de la raison humaine.

(2) Un vain cri que nul ne peut comprendre.

Le fameux *déficit*. Le gouvernement représentatif nous
a rendus un peu plus savans que nous ne l'étions avant
1789. Nous savons aujourd'hui ce que c'est que ce mot bar-
bare qui nous fit alors tant de peur. Nous savons qu'il n'a
rien à démêler avec un bon budget , où la dépense ne doit
pas descendre au niveau de la recette , mais la recette , au
contraire , suivre pas à pas la dépense dans toutes ses gra-
duations. Un *déficit* peut bien conduire un comptable en prison , et même , en certains cas, aux galères ; mais ce ne serait plus un levier pour soulever une nation, ce ne serait
plus une machine à révolutions. Qu'on y prenne garde
pourtant ! A défaut d'un moyen , les trompeurs des peuples
peuvent s'en procurer cent autres. Il est tel mot innocent
perdu dans notre dictionnaire qui , quelque jour peut-être ,
sera un talisman avec lequel des charlatans populaires en-
fanteront de nouveaux troubles. N'ont-ils pas essayé d'en-
tretenir nos haines politiques avec des mots de leur façon
ou détournés de leur sens naturel ? Tels sont ceux d'*ultra*,
de *politiques* , de *jésuites* , etc.

(3) **Mort à tout dilapidateur !**
Plus d'abus de tyrans ! brisons d'indignes chaînes!

J'ai été tenté de chercher une autre tournure , une autre
transition pour lier la strophe qui commence par ces deux
vers avec la précédente. Mais j'ai retrouvé ce même mouvement et presque la même idée dans ce vers du poëme
couronné par la Société des Bonnes-Lettres :

J'entends encor ces mots : plus de fers ! liberté !

Cela m'a rassuré , et j'ai laissé subsister ce premier jet ,
que j'hésitais à conserver.

(4) **L'Anglais encouragea ce cri perturbateur!**

Ce n'est pas une accusation nouvelle ; je me dispense
donc d'en rassembler les preuves qui ne sont ignorées de
personne. Mais puis-je ne pas faire remarquer combien ,
surtout depuis la Sainte-Alliance , à laquelle l'Angleterre
n'a pris aucune part , la politique de ce cabinet , qui bou-
leverserait le monde sans scrupule pour l'acquisition ou la
conservation du plus léger intérêt mercantile , est demeu-
rée fidèle à l'épouvantable système qui le poussa, d'abord ,
à favoriser les machinations de nos révolutionnaires , et,
ensuite, à ne se donner l'air de combattre la révolution que
pour en graduer les ravages et en nourrir l'activité. Buonaparte survint , qui la força enfin à prendre la chose au
sérieux , parce qu'il y allait de la vie ou de la mort ; mais,
ce danger passé, plutôt par l'effet d'un miracle qui a sauvé
le monde entier et la France elle-même , que par le résultat des combinaisons de la coalition européenne , la politique anglaise a repris son cours accoutumé. Elle a profité
de la conflagration générale pour s'emparer des positions
géographiques les plus importantes pour les communica-

tions réciproques de toutes les nations commerçantes,
Malte, Corfou, le cap de Bonne - Espérance, l'Ile-de-
France ; qui sait quelles arrières-vues a cachées le système
de la scandaleuse neutralité qu'elle a professée hautement,
en présence de la révolution d'Espagne, contre laquelle
Louis XVIII, qu'immortalisera le succès de cette guerre
sainte, a levé l'étendart au nom de toute la chrétienté dont
il s'est fait l'Agamemnon? Qui sait où prétend aboutir cette
même neutralité qu'elle se félicite de garder entre les colonies
espagnoles révoltées et entre leur métropole ! Ce qu'il y a de
certain, c'est que cette neutralité a été ou sera un obstacle
invincible peut-être à ce que le triomphe , d'ailleurs si dé-
sirable de la légitimité, s'opère au-delà des mers comme
il s'est opéré en Europe. C'est là un de ces crimes qui, tôt
ou tard, reçoivent leur châtiment des mains de cette Providence qui se joue à son gré de la sagesse humaine. Ce
poëme en fournit la preuve, et c'est là son but principal.

    (5) Il la punit d'avoir envoyé ses guerriers
        De la révolte au loin faire l'apprentissage.

Il en est, on en conviendra , qui peuvent se vanter d'ê-
tre passés maîtres dans cet art qu'on a poussé si loin dans
nos temps de délire, où l'absolution des conspirateurs les
plus effrontés est presque inévitable, si on ne les saisit
point, je ne dis pas seulement le poignard à la main, mais
le bras tout couvert du sang de leurs victimes. Il est plus
que probable que si Sauquaire-Souligné et ses adhérens qui
viennent d'être condamnés à mort par contumace, s'étaient
présentés à la Cour d'Assises, ils eussent été acquittés,
comme l'a été la colporteuse de leurs correspondances ; car
le jury eût absolument exigé leurs aveux pour les trouver
coupables ; et l'on présume bien qu'ils se seraient imper-
turbablement retranchés dans d'éternelles dénégations.

Cette séance de la Cour d'Assises a offert une circonstance très remarquable, sur laquelle je ne suis pas fâché d'avoir l'occasion de dire quelle est la sensation que j'ai éprouvée à la lecture de la *Quotidienne*, où j'en ai trouvé le récit.

M. le marquis de Lafayette, appelé par l'huissier comme témoin, s'est adressé à la Cour en ces termes : « *J'observerai* à la Cour » (pour *je ferai observer*; mais passe pour cela ! un général qui doit sa renommée à la révolution où il n'a su gagner que le sobriquet de général Morphée, n'est pas tenu d'être un puriste), « que, dans » l'assignation que j'ai reçue, on me donne le titre de mar- » quis. Depuis le décret de l'assemblée constituante, j'ai » cessé de porter ce titre. »

J'ai vu bien des personnes sourire de satisfaction à la lecture de la réponse, effectivement très piquante, que lui a faite sur-le-champ M. le Président : « Vous avez raison. Huissier, appelez Lafayette. »

Quant à moi, tout en applaudissant à cet à propos si bien saisi pour enfoncer un homme de qualité dans la boue où il se complaît, je pense que le citoyen Lafayette, ou plus simplement Lafayette, eût été un peu dégrisé, et que son orgueil, qui perce malgré lui au travers des trous du sale manteau dont il se couvre, eût été châtié comme il méritait de l'être, si M. l'Avocat-général, après la réponse de M. le Président, se fût levé et se fût adressé à la Cour à-peu-près en ces termes, auxquels son éloquence eût aisément donné encore plus d'énergie :

« Messieurs, mon ministère me défend, dans l'intérêt des mœurs publiques et du respect dû à la loi, de ne pas appeler le blâme de la Cour sur M. le marquis de Lafayette, qui, présent devant elle comme simple témoin, s'est abandonné à la divagation la plus inconvenante, je devrais dire la plus coupable qu'un homme de son rang se soit jamais permise à la face de ses concitoyens et en présence de la justice.

» M. le marquis de Lafayette ne peut pas ignorer que, heureusement pour elle, la France n'est plus sous l'empire des décrets de la ci-devant assemblée constituante ; il sait qu'une Charte royale, à laquelle tous les Français et lui-même, comme l'un de leurs députés, ont juré d'obéir, est notre loi fondamentale ; il sait que cette Charte, monument éternel de la sagesse de Louis XVIII, glorieusement régnant, et de son amour pour son peuple fidèle, a rendu à l'ancienne noblesse ses titres et confirmé les siens à la nouvelle. Invoquer un décret révoqué si solennellement, est un acte de rébellion que la Cour ne saurait laisser impuni, puisque c'est devant elle-même qu'on a osé se le permettre. Il faut que M. le marquis de Lafayette sache qu'il n'a pas le pouvoir de dépouiller sa postérité des distinctions honorifiques que lui ont transmises ses aïeux ; qu'il est tenu de se qualifier conformément aux actes publics qui constituent son état civil, jusqu'à ce que, s'il y a lieu, l'autorité royale ait jugé à propos d'autoriser les changemens qu'il aurait impétrés dans sa chancellerie, ou jusqu'à ce que, ce qu'à Dieu ne plaise, convaincu de félonie ou de conspiration contre son souverain, un jugement légal l'ait déclaré infâme, dégradé de noblesse, et ait éteint, en sa personne, les récompenses que ses ancêtres ont obtenues, par leurs services, de la munificence ou de la justice du trône. Par tous ces motifs, je requiers que, séance tenante, M. le marquis de Lafayette soit admonesté par la Cour, avec injonction d'être plus circonspect à l'avenir, et que le jugement qui interviendra soit publié et affiché au nombre de cinq cents exemplaires, à la diligence de M. le Procureur-général et aux frais du susdit marquis. »

(6) Tout vrai Français respire. . . . .

Qui peut douter que si, dès le principe de notre épouvantable révolution, l'intervention armée de la Prusse et de l'Autriche se fût annoncée avec le même caractère de bonne foi, de bon voisinage et de désintéressement absolu qu'a présenté celle que la France vient si glorieusement de conduire à sa fin sous le commandement d'un Prince en qui revivent toutes les vertus de son auguste race, ce qui est arrivé en Espagne fût arrivé chez nous. De toutes parts les armées libératrices eussent été accueillies avec reconnaissance au milieu des fêtes et des acclamations des peuples soulagés du fléau dévorant qui avait envahi notre belle patrie.

Nos libéraux n'en conviendront jamais. Ils n'ont pas assez de malédictions à lancer contre ce droit d'intervention qui découle pourtant si évidemment de la nature même des choses. Rien d'étonnant dans tout cela : sans l'intervention de l'Europe, où en serions-nous ? Nous serions encore sous leurs griffes et non dans les bras de nos Bourbons. *Inde iræ.* J'en conclus que je ne fais, dans cette strophe, qu'énoncer un fait matériel, une vérité positive que, loin de l'affaiblir, les RÉPUGNANCES de ces Messieurs ne font que rendre plus palpable.

(7) Dieu voit tout, Dieu vous punira.

Peut-on méconnaître le doigt de Dieu dans la terrible punition de sa déloyauté envers la France, que l'Europe a reçue des mains de ce soldat suscité par la Providence pour lui faire expier cette faute énorme, horrible, inexcusable ?

Puisse cette leçon ne pas être perdue pour le repos futur

du monde civilisé ! Puissent tous les gouvernemens se bien pénétrer de cette vérité que l'histoire confirme à chaque page , et surtout celle de notre âge , c'est qu'il n'est pas une seule faute politique qui ne soit suivie de son châtiment. S'il en était autrement , ce serait l'un des plus forts argumens dont l'athée pourrait se servir pour nier l'existence de Dieu. Plus la sagesse des gouvernemens est nécessaire pour qu'ils répondent au but de leur institution , plus il est juste qu'ils soient sévèrement punis lorsqu'ils se laissent dominer par des passions qui les emportent au-delà de ce but, ou égarer par des calculs qui les jettent dans une fausse route.

C'en fut une bien fausse que celle où nous jeta l'ordonnance du 5 septembre ! Voyez quelle terrible punition a suivi cette faute ! C'en est une aussi que cette hésitation qui dure encore à purger dans tous ses degrés l'administration générale des élémens révolutionnaires qui en embarrassent la marche. Voyez ce qui en résulte au moment de fixer le sort de la monarchie par le renouvellement intégral de la chambre des députés. Le ministère est obligé d'envoyer des circulaires pour menacer de leur destitution tous ceux qui tiennent de lui leur existence , s'ils ne s'unissent pas aux royalistes contre les libéraux. Cela , sans contredit, est de toute justice ; mais y a-t-il de la dignité dans une telle contenance ? Et, comme l'a dit la *Quotidienne* , ne vaudrait-il pas mieux avoir, de longue main , prévenu la nécessité de semblables menaces ?

(8) Ta justice a fait choix du plus juste.

Un monument expiatoire de ce crime à jamais exécrable a été voté par une loi. Mais est-ce assez pour honorer dignement la mémoire de ce malheureux Prince auquel déjà tous les bons cœurs , toutes les âmes pieuses ont décerné le titre de *Louis-le-Martyr*.

La *Quotidienne* a fait au ministère un reproche de ce que la loi, dont je viens de parler , n'a pas encore reçu même un commencement d'exécution , et elle a ouvert une souscription pour en faire les fonds, afin de laisser le gouvernement sans excuse s'il persistait dans son insouciance à cet égard.

Ce reproche est injuste : je m'en suis expliqué dans le *Drapeau Blanc* avec ma franchise connue , mais avec tous les ménagemens , tous les égards que méritent les estimables rédacteurs du seul journal peut-être qu'un royaliste puisse lire sans crainte d'y trouver le mélange impur des idées modernes et des bonnes doctrines. J'y ai prouvé , je crois, que la loi invoquée n'est point exécutable , et que le ministère a mérité plutôt des éloges que des reproches, en s'abstenant d'y obéir.

Puisque j'ai l'occasion de dire tout ce que j'en pense, je vais en profiter.

Il est impossible que , tôt ou tard , la cour de Rome ne sanctionne pas , par une canonisation formelle, la qualification de *Louis-le-Martyr* , par laquelle déjà tous les orateurs chrétiens, tous les poètes royalistes , désignent l'auguste victime de l'exécrable Convention. Un jour ce Prince infortuné sera l'objet d'un culte public , comme l'est celui de ses nobles aïeux dont il porta le nom. Ainsi sera réalisée la prédiction : « *France, tu célébreras à jamais l'an-* » *niversaire de ce jour de justice* (a), » qui termine, dans mes

***

(a) Mon manuscrit portait *ce jour de justice* CONVENTIONNELLE. Mon libraire n'osa pas aller jusque là. Le canon de vendémiaire fumait encore ; je fus forcé de céder à sa peur. Il supprima l'épithète, sans

Essais sur la France , au 1er. mai 1796, mon chapitre du 21 janvier, où des esprits cornus, de pauvres royalistes aux yeux louches ont cru ou feint de croire découvrir, de ma part, l'approbation d'un forfait qu'aujourd'hui encore je voudrais pouvoir effacer au prix de tout mon sang.

Or, voici ce que je propose de substituer à ce qu'à prescrit inconsidérément une loi, respectable dans son principe et dans son but , mais, je ne saurais trop le répéter, tout-à-fait inexécutable.

Il faut achever l'église de la Madeleine, qui , lorsque le temps en sera venu , sera mise sous l'invocation de *Saint Louis-le-Martyr.*

Au-dessus du portail , qui fera face au Pont Louis XVI , sera disposé un espace, creusé dans le mur même , où sera représentée la dernière scène de ce vertueux et trop infortuné monarque. Il foulera à ses pieds l'hydre aux cent têtes

---

me permettre même de la remplacer par des points, ce à quoi je consentis, tout ce qui précède ma prédiction ne pouvant permettre à personne de se méprendre sur son objet ; et, depuis 1814, des sots, qui pourtant avaient sous les yeux la date précise de la publication de mon livre, où la révolution est combattue à chaque ligne avec un courage qui me semble assez remarquable ; des sots, dis-je, se sont emparés de ma phrase incomplète pour m'accuser... oserai-je le dire, et pourra-t-on le croire ?..... pour m'accuser *d'avoir approuvé le meurtre de Louis XVI!!* Dans le cours de ma vie militante, qui sera connue tôt ou tard, j'ai éprouvé beaucoup d'ingratitude (les royalistes n'en sont pas avares envers ceux qui ont servi leur cause avec le plus d'ardeur et de constance), ce qui n'a pas ralenti un seul instant le zèle de mon dévouement à la monarchie, que rien au monde ne saurait affaiblir (la ruine non réparée de ma famille, par la restauration , et la manière dont je l'ai supportée et la supporte encore, en sont la preuve irrécusable); mais aucune n'a été aussi loin que celle des sots dont je parle. Heureusement elle porte sa consolation avec elle par son inconcevable audace, par sa stupide absurdité.

de la révolution, et prêt à s'élancer vers la voûte céleste,
au moment où son confesseur lui adresse ces belles paroles :
« Fils de Saint Louis, montez au Ciel ; » il désignera de
sa main la place où fut commis le sacrifice du *plus juste*,
comme pour rappeler sans cesse la grande et sévère leçon
que donne aux peuples comme aux rois cette scène d'horreur.

Là est évidemment, et non ailleurs, sans aucune excep-
tion, la place du monument expiatoire que la loi a voté :
là, et non ailleurs, doit être édifié le temple de St. Louis-
le-Martyr, puisque c'est là qu'a reposé sa dépouille mor-
telle, jusqu'à la restauration qui en a recueilli les restes
pour les transporter au tombeau de nos Rois.

L'autel où ce saint Roi recevra désormais l'hommage et
les invocations des fidèles, doit être élevé sur le sol même
où ces précieuses reliques ont été retrouvées, et ces reliques
doivent y être rétablies, renfermées dans une caisse d'or
richement décorée.

J'ajoute (et il faut bien que Messieurs de la révolution
s'accoutument peu à peu à voir adopter, plus tôt ou plus
tard, la proposition que j'en ai déjà faite), j'ajoute que
l'instrument de supplice qui sanctifia le sang de Louis XVI,
doit cesser de servir à l'exécution des jugemens portant
la peine capitale, et devenir, dans le temple de ce saint
Roi, un objet de vénération, comme l'est, dans tous les tem-
ples chrétiens, la croix sur laquelle le fils de Dieu a expié
les crimes des hommes rachetés par son sang précieux des
liens de l'enfer.

Messieurs les libéraux, docteurs de la révolte, merveilles du siècle des lumières, voilà de la pâture pour vous ;
voilà un texte passablement fécond pour les déclamations
dolentes dont vous fatiguez nos oreilles. Donnez-vous carrière tout à votre aise, puisqu'on a la bonté de trouver

que cela est bien et très bien ; mais soyez sûrs que nous en viendrons là, quoique vous puissiez dire et faire. Vous verrez bien d'autres miracles que le temps, qui ne recule pas, porte aussi dans son sein qu'on ne peut épuiser. Armez-vous de patience, vous en aurez besoin, jusqu'à ce que l'habitude, comme il faut l'espérer et comme il est impossible que cela ne soit pas, ait effacé les mauvais plis qu'on vous a laissé prendre.

(9) Marquer son front du sceau des enfans de Caïn.

Conçoit-on les regrets sacriléges que les incorrigibles artisans de nos malheurs ont exprimés contre l'exil des régicides relaps? Conçoit-on qu'on ait pu y voir autre chose qu'un juste châtiment de Dieu, dont l'action vengeresse se retrouve partout dans l'histoire de nos malheurs, suivant pas à pas tous les crimes, toutes les fautes même, pour les frapper de sa verge de feu? Conçoit-on ces complaintes, qu'on chante dans certains salons, pour s'attendrir sur le sort des mauvais français que la France a répudiés, et qui ne soupirent qu'après le moment de déchirer encore une fois le sein de la patrie? Cela même un jour aura sa punition. La Providence ne peut pas vouloir qu'on abuse encore long-temps impunément et avec tant d'effronterie de la clémence d'un gouvernement paternel. A ces éternels détracteurs de l'autel et du trône, peut aussi s'appliquer ce vers que j'ai appliqué à l'Europe, et que l'événement a bien justifié :

Dieu voit tout, Dieu vous punira.

Leur front sera marqué du sceau des enfans de Caïn, ou leurs mœurs changeront. Malgré tous leurs efforts, la France obtiendra le repos après lequel elle soupire, et la qualifieation de *libéral* ne sera plus que le synonyme de celle de *libertin*, qui dérive de la même source, et a le même mot pour *étymologie, la liberté*, qui n'est jamais invoquée que par des imposteurs, qui, sentant bien qu'ils ne peuvent avoir une existence qu'au milieu des troubles publics, fondent l'espoir de leur fortune sur la ruine de l'État.

(10) Il se couronne !..... il part !..... il va la dévorer,
Faisant ainsi l'apprêt de son propre supplice.

Voilà encore la main de Dieu étendant visiblement sa verge vengeresse sur l'Europe, pour la punir de sa déloyauté, dès la naissance de nos troubles. Dieu suscite un fléau contre elle. Ce fléau c'est un nouvel Attila, c'est Buonaparte, qui la courbe sous son sceptre de plomb. Mais bientôt ce conquérant farouche, gorgé lui-même du sang pur des Bourbons, couvert de crimes, en horreur à lui-même, tombera avec fracas de son char de victoire ; le plus lâche des guerriers, il ira mendier un asile chez ce même peuple dont il avait juré la perte, et il ira finir au bout du monde, dans l'oubli le plus honteux, une vie misérable, achetée bassement par cet acte d'ignominie.

Si ce n'est pas là un miracle, si nos libéraux s'obstinent dans le déplorable aveuglement qui leur cache la main de Dieu, conduisant tous les événemens pour ramener enfin le calme sur la terre, je ne saurais ni chercher ailleurs des preuves plus palpables de l'action de la Providence, ni expliquer nos mécréans, qui vont jusqu'à oser nier son existence.

Cette pensée est celle que je me suis efforcé de faire dominer dans ce poëme : mon plus grand désir est que mes lecteurs m'accordent que je ne me suis pas trop écarté de ce but principal, et que, pour eux, de ma rapide esquisse

des faits les plus saillans de la révolution, encore toute vi-
vante au sein de la restauration, il résulte qu'il n'est pas, en
politique, de faute que sa peine ne suive. Il n'est pas, de
vérité plus importante dans son application et dans ses
conséquences.

(11) S'il eût rendu..................
    Leur rang, leur lis, leur trône aux fils du Béarnais !

Il l'a tenté, ou du moins il a eu l'air d'écouter des propositions pour arriver à ce but. Etait-il de bonne foi ? Il
n'est pas impossible que, n'étant encore que consul, et l'horizon impérial ne s'étant pas encore montré à ses regards
(car il ne faut pas croire que sa haute fortune ait été l'effet
d'un plan savamment combiné dans sa tête ; il n'a fait autre
chose que marcher d'horizon en horizon, comme le voya-
geur qui ne connaît pas ce que lui cache la montagne qu'il
a devant les yeux et vers laquelle il s'avance à pas mesurés,
découragé souvent par la longue ligne qu'il a à parcourir
pour arriver à son sommet); il n'est pas impossible, dis-je,
qu'il ait préféré un moment l'épée de connétable à la toge
consulaire, qu'il ne portait alors que pour un temps très
court. Quoi qu'il en soit, il sera curieux de lire un jour, dans
l'histoire, ce qui fit échouer cette négociation, et de le com-
parer avec ce qui a été fait quinze ans plus tard, sous la
restauration.

Je pourrais bien en donner ici une idée, mais le moment
n'est pas venu où de tels rapprochemens puissent être faits
avec quelque utilité, et je me fais un devoir de m'en abs-
tenir, convaincu qu'en ce genre (il n'y a pas de milieu),
ce qui ne peut être utile est nécessairement nuisible. Une
tentative semblable avait eu lieu sous le Directoire : le public en reçut un commencement de révélation dans le pro-

cès fameux de M. Fauche-Borel contre Perlet. Les détails de cette affaire n'échapperont certainement pas à nos futurs historiens ; mais ils seraient d'autant plus déplacés ici, qu'ils ne me sont pas tous connus assez positivement pour qu'il me soit permis d'en entreprendre le récit. Je me borne à dire que deux incidens, aussi singuliers qu'imprévus, ont seuls fait échouer ce projet, déjà parvenu à sa maturité et prêt à recevoir son exécution.

Le courrier porteur des dépêches d'après lesquelles Louis XVIII devait quitter Mittau, pour se porter sur les bords du Rhin, se trouva arrêté à la frontière russe, où il arriva au milieu de la nuit, par l'impossibilité d'obtenir la permission de passer outre avant le lever du gouverneur, qui, un peu pris de vin, se trouva offensé qu'on eût troublé son sommeil pour lui faire viser le passeport d'un courrier, et qui, le lendemain, ne voulut rien entendre, alléguant un ukase qui venait d'ordonner que tout étranger fût tenu d'attendre à la frontière que son passeport lui fût revenu de Saint-Pétersbourg, où les commandans de place devaient d'abord les envoyer. Une lettre de l'ambassadeur de Russie à Paris, qui prenait sous sa responsabilité le libre passage du courrier, nonobstant l'ukase, ne put déterminer le gouverneur à rétracter, à jeun, un refus qu'il avait prononcé dans un état d'ivresse.

Cela n'aurait eu d'autre conséquence que de reculer l'effet des dépêches ainsi retardées ; mais un autre incident bien plus sérieux vint achever de détruire toutes les espérances de la cour de Mittau.

Tandis que le passeport du courrier voyageait de la frontière russe à St.-Pétersbourg, et de St.-Pétersbourg à la frontière, Buonaparte, déserteur de l'armée d'Egypte, débarqua à Fréjus, et, peu après son arrivée à Paris, la journée du 18 brumaire, en renversant le Directoire, changea subitement les destins de la France. Ainsi un verre de vin bu de trop sur la frontière russe a reculé de quinze ans l'accomplissement des vœux de tous les bons Français. A quoi tiennent les événemens! ô incompréhensible Providence ! la France n'était sans doute pas alors assez châtiée à tes yeux ! elle avait traversé l'anarchie et toutes ses horreurs, il fallait qu'elle passât par la tyrannie et par l'usurpation pour arriver, plus digne de lui, au gouvernement paternel de ses rois légitimes..... Elle en est plus digne, en effet, grâce à la dure expérience qu'elle a faite en l'absence de ses Bourbons, et j'ose être certain qu'elle va bientôt le prouver dans ses colléges électoraux, prêts à se réunir....... Mais comment se fait-il qu'il y ait encore des Français dont la voix séditieuse....? comment surtout se peut-il qu'on le souffre, et que cette voix discordante se fasse entendre impunément?

(12) De son farouche orgueil atteignent mieux l'objet.

Combien serait effrayant le calcul de tout ce que l'ambition de ce soldat tracassier a coûté à la France et à l'Europe qu'il a ravagée, disloquée, dépecée et réduite enfin à n'avoir d'autre volonté que la sienne ! Nos libéraux appellent cela de la gloire. Ils ne sentent pas que telle est la condition nécessaire de l'usurpation : l'état de paix n'est pas son élément, elle y trouverait promptement sa ruine : il lui faut, pour se soutenir, avoir toujours les armes à la main; il faut qu'elle guerroye sans cesse pour retenir sous son joug les peuples éblouis par le faux éclat des projets gigantesques auxquels elle est continuellement poussée par la force de sa position. Buonaparte l'avait senti, et c'est de là que dériva sa turbulente activité, qui n'a pas permis à la France un seul jour de repos, et à l'Europe un seul instant de sécurité. Est-ce là de la gloire? Est-ce là un état de prospérité? J'y vois bien une prépondérance, une suprématie politique, qui peuvent en imposer un moment à des esprits superficiels; mais la violence en est la base : or la violence n'a rien de durable; le ressort qu'elle comprime peut réagir contre elle à tout instant et faire cesser le prestige, qui, une fois détruit, ne se reproduit plus.

La gloire, la véritable gloire, la gloire solide et durable, parce qu'elle n'a pour racine que des sentimens généreux , c'est celle dont le roi de France et le prince vainqueur et pacificateur, le héros du Trocadéro, qu'il a nommé son fils, viennent de se couvrir par la guerre d'Espagne.

La France est aujourd'hui au premier rang parmi les nations de l'Europe; jamais son influence politique ne se vit élevée à un si haut degré; mais cette influence, si noblement acquise, durera, parce qu'elle est bienfaisante et conservatrice, et qu'elle n'est pas autre chose.... Nos docteurs libéraux comprendront-ils cela? j'en doute fort; ils n'entendent pas ce langage.

(13) Il boira le sang de nos Bourbons.

Ce crime est sans excuse, même devant Machiavel, qui ne l'aurait permis, peut-être même conseillé à Buonaparte, qu'autant qu'il eût été en son pouvoir d'exterminer d'un seul coup jusqu'au dernier des Bourbons.

Il a voulu, dit-on, donner, par cette atrocité, des gages aux régicides, dont il avait besoin pour ériger son trône impérial !

Quel abominable marché ! le sang des Condé remplissant la coupe sacrilége sur laquelle, en s'y abreuvant, un tyran allait jurer d'être fidèle à l'alliance de la révolution et de la tyrannie! Quelle horrible TRANSACTION, grand Dieu!

Quelle concession effroyable !.... Pasteurs des peuples, qui que vous soyez, empereurs, rois, princes, congrès, sénats, contemplez ce spectacle affreux !... voyez où mène ce faux, ce lâche, ce coupable système de ménagemens, de concessions aux révolutionnaires, que préconisent des cerveaux malades, incapables d'en pressentir le résultat !

Marchander la révolution, c'est lui donner de nouvelles forces; la regarder en face sans s'en épouvanter, et lui montrer un front inexorable, c'est la tuer, même sans la frapper. Il suffit de lui faire peur pour qu'elle cesse d'être.

> (14) Ce crime a marqué le déclin
> De l'astre malfaisant qui ravagea la terre.

Ici, en effet, a commencé le mouvement rétrograde, visible à tous les yeux, par lequel L'HOMME DU DESTIN, descendu d'une hauteur où peut-être nul autre ne s'était encore élevé, se vit enfin jeté sur un rocher presque imperceptible, au sein des vastes mers; et, après avoir fatigué le monde de son poids et les cent bouches de la Renommée du fracas de sa turbulence, traîna, dans l'oubli le plus flétrissant, les restes d'une vie languissante, qu'il ne sentait plus que par ses remords, dont rien ne pouvait le distraire, et y mourut enfin, sans faire un vide sur la terre, sans consolation, sans pouvoir échapper à la conscience de son néant, dans toute l'amertume d'un abandon universel, et ne laissant après lui que des regrets dégradans, si tant est qu'on puisse appeler des regrets les cris d'un vil troupeau de factieux, associant à leurs vœux impuissans son nom déshonoré, devenu le cri de ralliement de toutes les passions mauvaises, de tous les penchans vicieux.

N'est-ce pas là un des plus grands miracles qui ait jamais

signalé la justice céleste? Combien d'autres en sont découlés plus frappans les uns que les autres, depuis l'attentat commis à Bayonne sur les Bourbons d'Espagne par l'assassin du duc d'Enghien, jusqu'au moment où notre duc d'Angoulême reçut dans ses bras, au port Sainte-Marie, Ferdinand VII, arraché à ses infâmes ravisseurs!

Se peut-il qu'il existe des hommes assez dépourvus de raison pour ne pas voir, dans tout cela, l'action d'une force suprême, qui veut absolument que la terre rentre dans l'ordre, et assez téméraires pour se flatter que leurs faibles efforts prévaudront contre cette puissance irrésistible qui leur commande le repos! Qu'ils y prennent garde ! leur obstination même entre peut-être dans les desseins de Dieu, pour achever d'éclairer les princes de la terre sur leurs devoirs, qu'ils ont trop méconnus jusqu'ici, puisque la révolte marche encore le front levé et conserve son franc-parler, tandis que des *métis*, alliant un royalisme de leur fabrique avec la fleur des maximes modernes, qu'ils arrangent avec des variations, à la manière de Basile, trouvent que *cela est bien et très bien !*

(15) Il reviendra fuyard, aussi prompt que le vent.

On l'a remarqué avant moi : jamais homme de guerre ne surpassa ce grand capitaine dans l'art de fuir. D'autres se rendirent célèbres par de savantes retraites à travers un pays ennemi; tels furent les dix mille Grecs que toutes les forces persannes ne purent empêcher de regagner la Grèce. Le héros de nos lithographes libéraux a perfectionné tout cela. Après avoir d'abord changé l'art de la guerre, en ramenant les guerres d'invasion, conduites à la manière des sauvages, sans plan, sans magasins, sans autre espoir que le pillage, il a fini par convertir en déroutes complètes le moindre revers militaire. Aussi souvent qu'il a vu la victoire échapper de ses mains, criant sauve qui peut, il a fui comme la colombe à la vue du milan ; et, du fond de ses Tuileries, où il est rentré seul, apportant le premier la nouvelle de son désastre, il a crié aux tristes débris de ses bataillons détruits ou dispersés : «Soldats ! vous n'avez pas été vaincus ! »

On trouve encore de pauvres cervelles dupes de ce charlatanisme, entichées des idées de gloire qu'on attachait naguère au vagabondage de ce grand homme, que personne n'a mieux peint d'un seul trait que certain archevêque, qui l'a nommé Jupiter-Scapin. Si c'est de bonne foi que ces bonnes gens se pâment d'admiration en contemplant le bronze qui le leur représente les bras croisés, l'air soucieux, le regard sombre, en vérité rien n'est plus digne de pitié.

(16) O miracle ! l'Europe efface tous ses torts.

La conduite de la Coalition Européenne, après la bataille du 30 mars, qui lui ouvrit les portes de Paris, fut admirable. Elle eût pu alors justement imposer à la France un tribut pour ses frais de guerre, et elle eut la sagesse, ou, si l'on veut, la générosité de ne pas même avoir l'air d'y songer. J'ai dû consigner dans mon poëme ce beau trait, qui expia le crime qu'elle avait commis, vingt ans auparavant, à Condé, à Valenciennes, et dans les plaines de la Champagne.

(17) . . . . Quel crime inconnu
Arme encor contre nous la colère céleste !

Tout roule, dans mon poëme, autour d'une idée principale, que je me suis efforcé d'y faire dominer : c'est qu'il n'est pas un malheur, un fléau public qui n'aient pour cause première une faute politique ou un crime d'état, et qui ne soient, par conséquent, un châtiment de Dieu.

L'application de ce principe au règne des cent jours est facile.

Une foule de fautes graves ont été commises avant et depuis la rentrée du Roi, après la bataille du 30 mars; elles ont dû porter leurs fruits.

Sans entrer ici dans des détails qui n'appartiennent qu'à l'histoire, je me bornerai à signaler la plus capitale de ces fautes, et je le fais par une raison sans réplique, c'est qu'elle dure encore, et que rien ne me semble si utile que de démontrer le besoin de la faire cesser, ce que le ministère n'obtiendra pas par des circulaires menaçant de leur destitution les hommes de son choix qui ne seconderaient pas ses vues, mais seulement par une composition de l'administration civile ou militaire, tellement homogène, tellement sûre, qu'il puisse, dans tous les cas, dans toute circonstance, dans toutes ses opérations, compter sur elle sans avoir à stimuler son zèle, à contraindre son dévouement par des moyens plus ou moins coactifs.

Je n'examine pas si les formes politiques qu'il a plu au Roi de nous donner sont les meilleures que nous puissions recevoir, et si sa déclaration de Saint-Ouen a surpassé la sagesse de sa déclaration de Vérone. Royaliste sans condition (et je ne vois qu'un factieux dans celui qui est autre chose), je suis royaliste constitutionnel, puisque notre maître à tous nous a donné une constitution ; je laisse donc à l'écart tout ce qui se rattache aux principes qui nous régissent.

Mais ces principes ne vont pas jusqu'à ce que le ministre qui dit, en 1814, qu'il fallait laisser les choses comme elles étaient, et ne pas même changer les draps du lit aux Tuileries, n'ait pas dit une absurdité.

Je le demande : si, par un de ces coups du sort qui frappent les nations dans des temps de révolution et changent en un instant leur manière d'être, une Convention, un Directoire, un Buonaparte venaient subitement à ressaisir leur pouvoir flétrissant, pense-t-on qu'ils seraient assez stupides pour payer de la plus criante ingratitude ceux qui se seraient exposés à toute sorte de périls pour leur frayer la route, préparer leur succès, assurer leur triomphe, et qu'ils ne considéreraient pas comme leur premier devoir et leur besoin le plus urgent de purger toute la machine administrative des royalistes qui s'en seraient emparés en leur absence ?

Par quel aveuglement peut-on imaginer que la légitimité, se trouvant dans le même cas, ne soit pas soumise à la même nécessité, n'ait pas le même devoir à remplir, n'éprouve pas le même besoin, et ne doive pas y pourvoir sous peine de la vie ? Quel publiciste a jamais adopté pour maxime d'encourager ses ennemis et de décourager ses amis ? Machiavel nous dirait le contraire; et si ce Florentin, qui fait autorité en semblable matière, en parlait autrement, le simple sens commun lui donnerait un démenti.

Or, qu'on lise *le Moniteur*, depuis le 30 mars 1814 jusqu'au 7 mars 1815; qu'on lise *l'Almanach royal* de ces deux années-là, et qu'on me dise si, ainsi préparés et rendus si faciles, le retour de Buonaparte et son règne éphémère, qu'on a nommé le règne des cent jours, ne furent pas un juste châtiment de Dieu.

(18) Ils te vendent leur gloire : ils en veulent le prix.

Si, après la première restauration, les princes coalisés eussent imposé un tribut de guerre à la France, la France aurait eu à en gémir comme d'un fléau de plus à ajouter à tant d'autres fléaux que lui valut l'absence de son Roi ; mais elle n'aurait pas eu le droit de s'en plaindre, puisque, dans l'ignorance du sort que lui réservaient ses vainqueurs, elle les avait combattus sans relâche, leur disputant le terrain pied à pied, et leur avait enfin livré une bataille en forme sous les murs mêmes de Paris.

Mais, après la bataille de Waterloo, ces mêmes Princes ayant traversé la France sans obstacle, ou plutôt au milieu des acclamations unanimes d'un peuple entier auquel ils annonçaient le retour de son Roi, sur quel prétexte purent-ils appuyer la prétention d'un tribut aussi accablant que celui qu'ils lui ont imposé ?

Si mon principe est vrai, si l'on m'accorde que ce n'est pas un rêve poétique que cette intervention de la Providence dont j'indique les traces dans tout ce que nous avons éprouvé de plus remarquable depuis 1789, même depuis 1774 jusqu'à ce jour, il n'est que trop à craindre que ce crime ne reste pas sans punition. J'entrevois bien d'où elle peut venir un jour ; mais je m'interdis de le dire, pour ne pas m'exposer à détruire par sa racine le seul moyen qui me semble capable d'en détourner les coups. (19)

(19) Ce roi sage a TROUVÉ de sages interprètes
Des lois que son cœur nous a faites.

Il est impossible de se rappeler, sans en avoir le cœur serré, cette dissolution d'une chambre fidèle et dévouée que le Roi, juste appréciateur de ses services, venait à peine de décorer de la qualification de *Chambre introuvable*, lorsqu'un ministère aventureux imagina de pousser l'oubli des crimes de la révolution jusqu'à appeler au pouvoir les auteurs de ces crimes. (*Voyez* les notes 13 et 17.)

4

Quelle faute , grand Dieu ! pour ne pas dire plus !

De-là sont sortis tous les embarras , tous les troubles qui ont désolé la France depuis cette époque.

De-là sont sortis *la Minerve* et ses nombreux et impudens imitateurs, qui , encore aujourd'hui, insultent impunément à la raison publique et au bon sens de la nation par leurs chants factieux , leurs pamphlets incendiaires, leurs journaux corrupteurs , leurs réimpressions diaboliques.

De-là sont sorties les sociétés secrètes , les conspirations qui ont miné tous les trônes, et qui enfin ont éclaté à Madrid , à Naples , à Turin , à Lisbonne, et menaçaient encore de bouleverser le monde entier au moment où, nouvel Hercule , un fils de France a saisi de ses bras vigoureux l'hydre de la révolte armée, et l'a étouffée sous les murs de Cadix.

La révolution détrônée en 1814, s'était enfoncée dans la boue d'où elle était sortie , trop heureuse du généreux oubli qu'un roi sage lui avait accordé. Elle connaissait sa faiblesse , quand la justice règne et en présence d'un gouvernement qui connaît ses devoirs et qui veut les remplir. Elle n'eût donc jamais osé ni relever sa tête hideuse , ni afficher la prétention d'être comptée par la légitimité comme instrument de gouvernement, comme digne de sa confiance. Il n'y avait qu'à le vouloir, il n'y avait qu'à la couvrir d'un imperturbable dédain pour qu'on n'entendît plus parler d'elle.

Mais dès qu'elle eut acquis , par l'ordonnance du 5 septembre, la preuve de la possibilité de sa résurrection, elle se réveilla avec toute son insolence , et, non contente d'avoir enfanté un Louvel , un Gravier , un Berton , et tant d'autres brigands qui ont marqué en traits de sang cette époque funeste, elle a osé, du haut même de la tribune législative, en présence des députés de la nation , à la face du ciel, à la face du trône, à la face du monde, proférer, de sa bouche impure, cet audacieux, cet imposteur, ce coupable blasphème, que *la France n'avait reçu ses Bourbons qu'avec répugnance ;* mensonge révoltant qui, j'ose m'y attendre, et j'en serais certain si j'étais député à la nouvelle chambre qui va se réunir, fermera la porte de cette chambre à son infâme auteur, s'il est possible qu'un de nos colléges électoraux se déshonore au point d'oser l'y envoyer.

Il est des royalistes beaucoup trop ombrageux, que le souvenir de la dissolution de la chambre introuvable rend soucieux sur celle de la chambre de 1823, qui n'a pas acquis moins de droits à leur reconnaissance ainsi qu'à leur vénération.

Je désire que la sécurité dont je suis pénétré, sur les motifs qui ont dicté cette mesure et sur les résultats qu'elle ne peut manquer d'avoir, puisse contribuer à les rassurer.

Il n'y a aucune analogie entre les hommes et les choses aux deux époques de 1816 et 1823, dont on fait le rapprochement pour y trouver un sujet d'inquiétude. La France, par la guerre d'Espagne, a acquis à-la-fois un crédit politique qui ne peut que s'accroître, et un crédit financier qui, loin de reculer devant de sinistres pressentimens, s'élève de moment en moment à la Bourse, et a déjà atteint une hauteur inconnue jusqu'ici. Son Roi, couvert de gloire, vénéré de tous les souverains de l'Europe, sait aujourd'hui quels sont ses amis, quels sont ses ennemis, et fermerait l'oreille à des conseils perfides qui, comme en 1816, chercheraient à le replacer sur le penchant d'un précipice. Ses ministres, sortis des rangs des royalistes les plus dévoués, non-seulement sont incapables de lui donner de tels conseils, mais ne peuvent pas dévier de la ligne monarchique qu'ils n'ont cessé de suivre depuis qu'ils ont pris le timon des affaires : il n'y a donc rien que d'encourageant , de rassurant dans l'avenir qu'ils nous préparent ; car je ne pense pas qu'un royaliste sensé puisse se refuser à donner son assentiment à la septennalité qui sera proposée à la chambre future , s'il se rappelle que l'idée première en appartient à la Chambre introuvable , à laquelle déjà nous serions redevables depuis long-temps de cette grande amélioration , si la faute commise, le 5 septembre , n'eût pas réveillé la révolution de son sommeil de mort.

Tout dépend donc de nous aujourd'hui ; tout tient aux élections qui vont se faire. Je crois à la bonté des choix dans tous les colléges électoraux , parce que cette crise appelle impérieusement le zèle et l'accord parfait de tous les royalistes. Que tous remplissent leur devoir , et la cause royale est sauvée à jamais. Le dernier effort d'un seul jour donnera à la France des siècles de repos.

(20) Avec elle du trône on rêve l'alliance.

Jamais homme d'état ne put concevoir une idée aussi monstrueuse. C'est une de ces fautes qui touchent au crime, et qui , par conséquent, ne peuvent rester impunies.(*Voyez* les notes 13, 17 et 19.)

(21) D'un autre DIEU-DONNÉ prépare le berceau.

Il est impossible de méconnaître le caractère d'une impulsion surnaturelle dans tout ce qui a suivi l'horrible attentat du 13 février, dont la France n'apprit la funeste nouvelle qu'en apprenant , en même temps , que le malheureux duc de Berri avait recommandé à sa jeune épouse, gémissante auprès de son lit , de se ménager pour la conservation du fruit précieux qu'elle portait dans son sein , ce dont personne encore n'avait eu connaissance.

Il faut plaindre l'aveuglement du troupeau libéral s'il n'a pas su lire , dans ce miracle , un avertissement de Dieu qui , déjouant ainsi la plus exécrable des combinaisons de ses coryphées , et rendant inutile son affreux succès , semble lui avoir annoncé qu'il couvre de son ombre la dynastie régnante , et que tout effort sera vain pour l'empêcher de se perpétuer sur le trône de France.

Depuis ce jour à jamais exécrable , suivez de l'œil l'auguste veuve , bientôt devenue mère d'un Prince par qui seul revit l'espoir de sa noble maison. Voyez cette femme forte supporter son malheur avec un courage héroïque. Fière de sa bienheureuse fécondité , voyez-la ne céder à aucun sentiment de crainte sur le sort de son fils , et conserver au contraire la plus admirable sécurité au milieu des efforts des sicaires du libéralisme , pour jeter l'effroi dans son âme , seule voie qui leur reste encore pour arriver au but affreux de l'atroce Louvel. Dans un de ces momens où toute autre mère ouvrirait peut-être son cœur à de tendres inquiétudes , entendez celle-ci exprimer son entier abandon aux desseins de la Providence , sa confiance parfaite dans sa puissante protection. « Je ne crains rien , » dit-elle , pour le duc de Bordeaux. C'est l'enfant du mi- » racle ; Dieu me l'a donné , Dieu me le gardera. »

Hommes simples qu'égarent des pervers qui vous entraînent avec eux dans les voies tortueuses du crime ; jeunes gens, dont les leçons de nos sophistes n'ont pas encore achevé la corruption morale qui fait de vous l'espoir des factieux ne rêvant que trouble et désordre ; libéraux en sous-ordre qui n'entendez pas trop malice à toutes les sottises qu'on vous fait faire , parce que vous n'en voyez pas clairement les conséquences et moins encore le but ;

vous dont la contagion du siècle n'a fait qu'effleurer le
cerveau sans arriver jusqu'au cœur ; vous tous enfin qui
n'avez pas reçu toutes les confidences des directeurs de la
révolte , qui n'avez pas leur grand secret et qui avez encore conservé quelque chose d'humain , quelque chose
d'un cœur français ; contemplez le spectacle auguste , le
tableau consolant que je viens de placer sous vos yeux ,
et comptez, si vous le pouvez , tous les miracles qui ont
précédé ou suivi ce grand miracle, pour fermer le gouffre où le 5 septembre menaça d'engloutir la France , et
pour la conduire à ce degré de gloire et de bonheur qui
la rend aujourd'hui l'objet de l'admiration de l'Europe.
Cet état de prospérité ne peut plus que s'accroître ; la
monarchie, affermie pour jamais , n'a plus rien à redouter
des méchans qui voulaient sa ruine: Pourquoi donc, si c'est là
une vérité qu'il vous soit impossible de ne pas reconnaître,
ne vous sépareriez-vous pas sur-le-champ d'un parti tombé
dans l'impuissance, dans l'opprobre , dans le néant, et
dont la qualification même ne peut tarder à être repoussée,
par tout homme ayant encore quelque pudeur, comme la
plus sensible injure ?

Hâtez, hâtez cette séparation ; ne répudiez pas votre
part de bonheur public, en refusant de vous unir aux
royalistes, sous un Gouvernement royal , et ne condamnez
pas *vous* et les vôtres, par une obstination aveugle, aux
tourmens d'une opposition ridicule et d'une vie éternelle-
ment militante contre un ordre de choses qui ne peut plus
être changé, et auquel il ne vous reste plus que la ressource de vous accommoder , ce qui n'est pas un grand
effort et ne tardera pas à vous sembler très bon , car
ceux qui crient *vive le Roi !* quand vous criez *vive je ne
sais qui ni quoi !* n'ont pas plus envie que vous d'être
esclaves.

(22) **Ne nous effrayons point de son dernier effort.**

On peut, sans crainte d'être démenti par les événemens, dire en toute assurance qu'en effet le radicalisme, le libéralisme, le carbonarisme, etc., etc., ou, en un seul mot, l'esprit de révolte a fait, dans les trois ou quatre années qui viennent de passer, le dernier effort dont il était capable. Il a mis en action tous ses moyens; il a fait mouvoir à-la-fois tous ses ressorts; il a battu son ban et son arrière-ban; il a employé toutes ses ressources et joué, comme on dit, de son reste, sentant fort bien qu'il y allait pour lui ou de la mort ou de la vie. Mais il a perdu sa partie au Trocadéro, et le voilà ruiné sans retour. Aujourd'hui, qu'on le veuille bien, qu'on lui coupe la parole comme on lui a coupé les bras, qu'on cesse de lui laisser niaisement le moyen de faire de nouvelles dupes, d'ourdir de nouvelles trames, d'inquiéter les bonnes gens qui lui croyent quelque consistance tant qu'il fait quelque bruit, et bientôt on sera étonné de n'en plus retrouver de traces. Si le vœu que j'exprime ici n'est pas accompli, comme il le devrait être avec empressement, quoi qu'en dise certain journal, qui trouve *bien*, *très bien*, ce qu'il y a de plus mal au monde, je me propose d'user du droit de pétition dans la prochaine session de nos deux chambres, certain déjà que celle des députés sera en état de m'entendre et digne de recevoir les propositions que je lui ferai.

A considérer jusqu'à quel point les erreurs de ce siècle bavard se sont glissées partout, ont affecté certains cerveaux, où s'est opéré le bizarre assemblage d'un royalisme sophistique et d'un libéralisme bâtard, il y a de quoi frémir du libre cours qu'on laisse aux poisons politiques que débitent chaque jour des écrivains, privilégiés pour corrompre les mœurs publiques, sans autre contre-poids qu'une loi prétendue répressive, tellement timide, tellement impuissante ou faible, que ceux-là même qui sont chargés de l'appliquer n'osent pas s'en servir, dans la crainte de la compromettre.

Cet amas d'absurdités, qui n'a d'autre effet que de favoriser la fermentation de toutes les passions mauvaises, de tous les penchans vicieux, dérive d'une erreur capitale, qu'on décore du nom de *principe*, et qui, si c'en est un, est bien le plus niais, le plus faux et le plus dangereux des principes. C'est *le respect qu'on doit aux opinions.*

Cet acte de démence, on le pousse au point, ici, de prétendre, et là, d'accorder que toutes les opinions doivent être représentées dans nos chambres; en sorte que s'il se présentait une bande de philosophes, dont l'opinion fût que le droit de propriété n'est qu'une violation de la loi de nature, et qui, pour venger celle-ci et pour joindre l'exemple au précepte, se mît à tirer la conséquence matérielle de sa maxime, à la manière de Cartouche ou de Gaspard de Besse, il faudrait de toute nécessité que les filous de Paris et les voleurs de grand chemin eussent à la chambre quelques philosophes de leur espèce pour y représenter LEUR OPINION.

RESPECT AUX OPINIONS ! Dites-moi, je vous prie, si vous pouvez concevoir un alliage de mots plus monstrueux, plus absurde, plus révoltant, plus en opposition directe avec la morale de Dieu, même avec celle des sages qui n'ont pas connu l'autre et n'ont pu que la deviner ?

RESPECT AUX OPINIONS *saines, justes, bonnes, utiles,* et reconnues pour telles, soit par les lois divines ou humaines, soit par l'assentiment universel : je conçois parfaitement cela, et j'y adhère de toute mon âme. Ces opinions, je veux qu'on les respecte, je veux de plus qu'on les protége, qu'on les propage par tous les moyens qui sont à la disposition de la force publique.

Mais ce même RESPECT, appliqué à des opinions qu'on ne qualifie pas, je m'en défie, et je le leur refuse jusqu'à ce qu'elles me soient connues; et si par hasard ce sont celles qu'on lit tous les jours dans certains journaux, ou qu'on entend à la tribune quand elle est occupée par un M. M....., un M. B..... C....., un M. L. F....., un M. K...., un M. F...., etc., etc., non-seulement je leur dénie LE RESPECT qu'on prétend m'imposer pour elles, mais encore je veux qu'on les bafoue, qu'on les repousse, qu'on les combatte, qu'on leur refuse même tout moyen de se produire au jour.

RESPECT AUX OPINIONS !.... Le premier qui a dit cette sottise, n'a voulu, n'a pu vouloir dire autre chose que *paix aux opinions*, c'est-à-dire, que l'action des tribunaux ne peut aller jusqu'à atteindre la pensée oisive dans le cerveau d'un maniaque (tel que serait, par exemple, celui qui rêverait encore que nous vivons sous l'empire des décrets de l'assemblée constituante), et que les actions seules qui peuvent troubler l'ordre social sont du ressort des lois pénales, protectrices de la Cité.

De cette idée si simple, PAIX *aux opinions*, on a passé au RESPECT *des opinions*, et à peine cet abus des termes a-t-il été admis que les opinions les plus diaboliques s'en sont emparés, comme d'un droit acquis à l'impunité, tant que leur manifestation, quelque scandaleuse, quelque virulente qu'elle pût être, ne serait pas accompagnée d'un délit matériel, d'un crime physique précisé par le code pénal; comme si cette manifestation elle-même ne constituait pas à elle seule un délit des plus punissables, selon les cas, et surtout des plus dangereux, comme ayant pour but patent d'infecter la société du venin des fausses doctrines!

La loi qui nous régit a eu l'air de sentir cela en punissant cette manifestation faite dans un lieu public. Mais quelle peine y a-t-elle appliquée! quel vague dans cette désignation d'un lieu public, puisque les tribunaux n'osent considérer comme tels, ni des ateliers où sont réunis cinquante ouvriers, ni des livres étalés chez tous les libraires!

Je le dis hautement, cette déplorable timidité, ces subtiles définitions trompent le vœu de la raison, sapent les fondemens de l'ordre social et appellent la sollicitude de tous les gens de bien, pour obtenir enfin un régime plus sain, plus nerveux, qui oppose au torrent des erreurs turbulentes qui nous inondent, une digue qu'elles ne puissent ni rompre ni franchir.

Écrivains factieux que je n'ai cessé, depuis trente ans, de braver, de combattre à outrance, et auxquels, jusqu'au dernier soupir, je n'accorderai ni paix ni trève, rugissez de fureur, accusez-moi de vouloir *éteindre les lumières* et d'appeler sur vous des rigueurs qui surpasseraient celles de la Sainte-Hermandad. Je ne m'en cache pas... ces quelques mois de prison qu'on fait subir à vos hommes de paille, ces quelques centaines de francs d'amende que paye pour vous la caisse d'une faction qui vous tient à sa solde, ne peuvent point me satisfaire, et, comme père de famille, ne me rassurent pas contre vos efforts quotidiens pour corrompre les idées de mon fils ou les mœurs de mes filles, à qui la restauration n'a laissé d'autre fortune que mes principes et leur innocence.

Vous citez sans cesse les Anglais : eh bien ! qu'on ose aller, comme eux, jusqu'à ruiner, par des amendes de cinquante, de cent mille francs, ceux qui corrompent la jeunesse ; que les blasphémateurs soient traités chez nous comme Carlile, condamné à vieillir en prison, n'ayant pour nourriture que du pain et de l'eau. De quel droit vous récrierez-vous contre cette sévérité ? Ne pouvez-vous vivre que de scandale? Est-il si nécessaire qu'il vous soit permis de déraisonner à tant la page pour troubler le repos de vos concitoyens? Appelez à votre secours tous les sophismes dont vous avez mille fois rebattu nos oreilles, ils ne gagneront rien sur moi : la haine vertueuse que vous doivent tous les gens de bien, ne peut s'appaiser que par votre silence; et, quant à moi, s'il me fallait ici dire, de vous ou du malheureux que la faim met en sentinelle au coin d'un bois pour m'y arrêter au passage et m'y demander la bourse ou la vie, quel est celui qui m'inspire le plus d'horreur, je n'hésiterais pas à vous désigner : le voleur n'attaque que moi; s'il me tue, c'est un malheur individuel qui peut-être sera son dernier crime; mais vous, vous attaquez la société entière, vous l'attaquez dans ce qu'elle a de plus précieux, et, si vos projets s'accomplissent, vous la tuez.... Concevez-vous un crime comparable au meurtre de la société? Concevez-vous qu'on puisse imaginer des peines trop sévères pour en punir la tentative?

Je n'ai jamais entendu proférer ou lu cette prétendue sentence, digne des petites maisons : *Respect aux opinions!* sans un frémissement involontaire. J'avais essayé d'exprimer l'horreur qu'elle m'inspire dans une lettre insérée, il y a peu de temps, dans le *Drapeau Blanc* ; mais on l'y a décolorée, on en a retranché les traits les plus saillans ; on y a surtout supprimé trois anecdotes que j'y rapportais en preuve des effets effrayans de la liberté de la presse telle que nous l'avons.

Puisque j'en ai l'occasion, tout en respectant le scrupule qui a déterminé l'estimable rédacteur du *Drapeau Blanc* à affaiblir ma lettre, je vais rétablir ici une partie de ce qu'en ont retranché ses ciseaux. C'est par-là que se terminera cette note qu'on ne trouvera pas trop longue, si l'on en considère l'importance grave et l'évidente utilité.

Après m'être étonné de la sécurité qu'on affecte de conserver au milieu des désordres actuels (a) , j'ajoutais.....
(Qu'on me pardonne quelques répétitions pour l'enchaînement des idées.)

« Et d'abord je demanderai qu'est-ce qui justifie l'allé-
» gation que la liberté de la presse , telle qu'elle existe ,
» n'a pas fait tout le mal qu'on en avait d'abord redouté ?
» Est-ce parce que , malgré les exhortations des journaux
» libéraux , nous ne nous sommes pas tous *faits Espa-*
» *gnols pour être bon Français*, dès l'entrée de notre brave
» armée dans la Péninsule ? Est-ce parce que nos soldats
» sont demeurés fidèles à la cause royale , au milieu de
» toutes les provocations contraires ? Est-ce parce que
» tous les intérêts révolutionnaires réveillés au bruit du
» tocsin des feuilles libérales , ne se sont pas subitement
» armés contre l'ordre existant aux premiers cris d'alarme
» de leurs prétendus défenseurs ?

» Mais n'est-il donc de résultats fâcheux que ceux qui
» se manifestent à l'instant même où commence l'action
» de la cause qui peut les produire ? Pour être moins sen-

(a) On se rappelle que j'ai, il y a bientôt deux ans, suspendu mes
Mémoires de l'Académie des Ignorans, me fondant sur la conviction
où j'étais que le libéralisme aux abois ne pouvait plus nous inquiéter
(ce qui ~~était~~ vrai alors, ~~nous~~ a cessé de l'être parce qu'on l'a voulu
ainsi), mais me réservant de reprendre les armes contre lui s'il ne per-
dait bientôt sa féroce arrogance. Le moment me semble venu de tenir
ma parole. Ces *Mémoires*, le *Parachute Monarchique* et le *Mercure
Royal*, faisant suite à ce dernier, sont autant d'ouvrages périodiques
dont la loi existante m'a concédé le privilége. J'ai cédé *le Mercure
Royal*, mais il me reste les deux autres ; je me flatte que mes anciens
lecteurs ne refuseront pas d'encourager de nouveau mon zèle si je me
détermine à reprendre la publication ou du *Parachute*, ou des *Mémoires* de mon Académie.

» sibles d'abord , les effets des poisons lents , par cela même
» plus perfides , sont-ils moins redoutables et moins meur-
» triers que ceux des poisons plus actifs qui donnent la
» mort sur-le-champ ?

» Examinons de sang-froid , s'il se peut, et interrogeons
» de bonne foi , la main sur la conscience , l'état actuel
» de la société dans cette France poussée en tant de sens
» contraires , depuis l'époque à jamais déplorable du 5
» septembre , où la révolution apprit , pour la première
» fois , à ne jamais désespérer de la possibilité de sa ré-
» surrection.

» Les passions les plus viles , les maximes les plus sub-
» versives de tout gouvernement régulier, condamnées au
» silence, se seraient insensiblement amorties , et l'habi-
» tude du repos , si douce pour les peuples , si chère aux
» bons esprits et aux bons cœurs , aurait imprimé à la res-
» tauration le caractère et la physionomie d'une prospé-
» rité durable et progressive , dont les fautes commises
» n'ont pu que ralentir le cours , sans en changer la di-
» rection , tant était, tant est encore, et tant sera long-
» temps la force irrésistible de la tendance universelle à
» chercher le salut commun à l'ombre de la religion et
» de la royauté légitime.

» Au lieu de cela , on a réveillé l'audace de toutes les
» passions turbulentes, l'espoir de toutes les malveillances,
» le cynisme des opinions les plus absurdes et les plus dé-
» gradantes , pour lesquelles on n'a pas même craint d'al-
» ler jusqu'à nous commander UN STUPIDE RESPECT.

» Qu'en est-il résulté ? C'est que ces passions , ces mal-
» veillances , ces opinions pestilentielles marchent tête le-
» vée et trouvent leur absolution devant les tribunaux ,
» grâce aux circonstances atténuantes , aux restrictions so-

» phistiques, à la distinction des lieux que renferme la loi
» qui se vante de les réprimer.

» J'opposerai la logique des faits à une si haute impru-
» dence. Il en est trois dont je suis le témoin oculaire :
» qu'on les écoute et qu'on en apprécie et la source et les
» conséquences.

» Ceux qui me connaissent, ceux qui ont lu assidûment
» les *Mémoires de l'Académie des Ignorans*, le *Para-*
» *chute monarchique* ou le *Mercure royal*, qui faisait
» suite à celui-ci, savent quelle foi est due à mes récits,
» quand j'en atteste la réalité ; les faits suivans ne sont
» donc pas un conte fait à plaisir ; ils sont vrais , au pied
» de la lettre ; toute la réticence que je m'y permettrai,
» c'est de taire les noms des personnages, non par crainte;
» mais par devoir.

» Le premier a déjà trouvé place dans mon *Parachute,*
» étant déjà assez ancien ; les autres sont beaucoup plus ré-
» cens et sont tout-à-fait inconnus ; leur parfaite analogie
» m'a invité à les rapprocher comme je le fais.

» A l'époque où se discutait l'exil des régicides relaps ,
» j'avais dîné chez un ancien grand fonctionnaire de la ci-
» devant république. Après le dîner , la conversation eut,
» pour texte , la discussion dont je viens de parler ; je pus
» y prendre part sans être en discordance avec aucun des
» assistans. Survint bientôt un général de la façon du Di-
» rectoire qui, après un assez court silence employé à se
» bien camper sur l'objet de la conversation, s'écria tout-
» à-coup en se levant brusquement de son siége et d'un
» ton véhément : que nous veulent donc ces gens-là avec
» leurs cris contre les régicides ? Depuis quelque temps
» on n'entend plus parler que des régicides ; c''est fati-
» gant, c'est dégoûtant. Les régicides ne leur disent rien,
» qu'on les laisse tranquilles. Chacun son opinion. Les

» régicides ont la leur, d'après laquelle ils ont le droit de
» dire qu'ils n'ont fait que leur devoir. Encore une fois,
» qu'on les laisse tranquilles, puisqu'ils le sont .... Au
» reste, ce n'est pas pour moi que j'en parle ainsi, car
» JE N'AI PAS L'HONNEUR DE L'ÊTRE.

» Un silence subit suivit ces derniers mots, auxquels il
» ne fut répondu que par un air de stupéfaction de la
» part de toute l'assistance, au secours de laquelle vint le
» maître de la maison, en donnant une autre direction à
» la conversation.

» Je demande s'il est possible de rien imaginer de plus
» profondément atroce que ce JE N'AI PAS L'HONNEUR
» DE L'ÊTRE !... Ce général, qui avait de si étranges idées
» sur l'*honneur*, est mort depuis, pensionnaire de la liste
» civile. Il n'est pas nécessaire de dire que ce n'est pas au
» conquérant de la Navarre, au vainqueur de Pampelune,
» qu'est due cette prostitution de la bienfaisance royale, et,
» à coup sûr, à la mort d'un tel pensionnaire, ce ministre
» en a fait une plus sage et plus digne application.

» Les deux faits qui me restent à raconter, ne sont
» pas moins remarquables que celui-là.

» A l'époque où Naples venait d'être délivré par l'armée
» autrichienne des griffes révolutionnaires, un étudiant
» en médecine, membre d'une société secrète (ce dont il
» se vantait devant moi dans un cercle où il faisait ses
» doléances sur cet événement), se consolait *de ce triom-*
» *phe de la tyrannie*, par l'espérance que le *poignard des*
» *carbonari* l'emporterait tôt ou tard *sur le canon des Rois.*
» —Ah ! jeune homme ! lui dis-je, permettez-moi du moins
» de croire que ce ne sera pas en France que nous ver-
» rons ce phénomène. Le poignard est l'arme des lâches ;
» il n'est donc pas français, et vous-même vous ne vous
» en servirez certainement jamais.—Pardonnez-moi, Mon-

» sieur , me répondit cet illuminé d'un ton concentré en
» lui-même ; pardonnez-moi : les idées sont changées sur
» ce point. Dans nos sociétés, on apprend à secouer les
» préjugés. Le poignard deviendra français. Il l'est déjà
» pour nous , qui ne voulons pas être esclaves.... Le der-
» nier fait est plus récent ; il est postérieur à l'année qui
» vient de finir. Que mon lecteur médite celui qui pré-
» cède ; je passe à l'autre sans autre réflexion.

» Dans une société où se trouvaient mêlés quelques li-
» béraux, un peu embarrassés de leur contenance , la
» maîtresse de la maison interrogeait les assistans sur leurs
» opinions , après avoir fait, pour son compte , sa profes-
» sion de foi en faveur du ministère et de sa septennalité.
» Quant à moi, tout cela m'intéresse peu ; tout bonne-
» ment je suis régicide , dit d'un ton doucereux un jeune
» homme de vingt-quatre à vingt-cinq ans, qui faisait par-
» tie de ce cercle.... — Que dites-vous donc là , mon bon
» ami ? lui répliqua la dame du salon ; savez-vous bien
» que cela est horrible ?.... — Pourquoi donc , reprit le
» jeune homme, sans se déconcerter et adoucissant encore
» son organe , chacun son opinion. Je souffre bien qu'il y
» ait des royalistes , pourquoi les royalistes ne souffriraient-
» ils pas qu'il y ait des régicides , sinon de fait , mais du
» moins de simple intention ? C'est une opinion comme une
» autre ; et cette opinion , c'est la mienne : RESPECT
» AUX OPINIONS! »

Je supprime la fin de la lettre ; je livre mes lecteurs à
eux-mêmes pour remâcher cette étrange idée du *respect*
dû aux opinions ; et désormais je saurai que penser de
quiconque, ayant lu cette note, viendrait me dire d'un de
nos brouillons sur lequel je provoquerais son mépris, si
c'est un simple particulier, ou son autorité, s'il en a une,
qu'on doit laisser aux opinions leurs coudées franches.

(23) Vétérans de la gloire. . . . .
   De nos jeunes soldats allez guider le zèle.

Les libéraux ne peuvent concevoir ce que c'est que la gloire : on en a, sous la tente, une toute autre idée que dans le laboratoire d'un journaliste aux gages de Messieurs de la révolution. Grâce à la brave armée d'Espagne, dont ils avaient prédit si hautement la dispersion et la ruine, la vieille gloire de nos lis sous les Duguesclin, les Bayard, les Turenne, celle des braves par qui seuls la France révolutionnaire n'a pas été la plus vile, comme elle a été la plus malheureuse des nations, et celle du drapeau de la restauration, n'en font plus qu'une. Leur alliance, désormais indestructible, a été signée sur les rives de la Bidassoa.

(24) Sûrs de trouver la gloire où sera d'Angoulême.

Nos libéraux n'en croyaient rien, ou se donnaient l'air de croire le contraire.

Comme ils ont changé de langage ! Aujourd'hui, ils ne refusent plus à cet auguste prince le titre de héros ! mais voyez comment ils empoisonnent leurs éloges !.... Je ne répète pas l'injure qu'ils lui font.... Qu'ils lisent, qu'ils relisent les notes 13 et 22, et qu'ils se demandent s'il est possible que le Fils adoptif du Roi très chrétien tombe jamais dans une de ces fautes que la Providence ne laisse jamais impunies.

   Rompez, rompez tout pacte avec l'impiété;

Voilà ce que lui crierait sans cesse son seul intérêt personnel, comme l'héritier présomptif du trône de St.-Louis-le-Martyr, si déjà son cœur noble et généreux ne le lui criait pas encore plus fort.

(25) Ne pouvant, du fils de nos Rois,
Dire tous les hauts faits, je les lègue à l'histoire.

Dans l'organisation de la Maison du Roi, s'il manque encore un historiographe des maisons et couronne de France, je ne me permets point d'en chercher et encore moins d'en blâmer le motif; mais je ne puis concevoir, sans quelque inquiétude, que les merveilles qui, depuis dix ans, ont signalé le règne de Louis XVIII; les miracles accumulés qu'a présentés ce règne, et, le plus admirable de tous, la guerre d'Espagne, commencée et finie en moins de six mois, soient abandonnés au caprice des écrivains qui voudront s'emparer de cette brillante époque pour en faire l'histoire, n'importe comment, ou pour en rassembler les matériaux, chacun selon ses vues particulières! Cette lacune n'est pas, je crois, sans quelques inconvéniens, et je pense qu'il serait temps de la remplir et d'imposer à un historiographe, dont les opinions ne devraient pas être plus douteuses que son dévouement à la race régnante, l'obligation de refaire l'histoire de France à partir de l'avènement de Louis XVI au trône, afin de venger, comme elle doit l'être, la maison de Bourbon des infamies dont se sont rendus coupables envers elle les historiens de l'école moderne, ou du silence, peut-être plus outrageant encore, qu'ils ont gardé à son égard.

Je livre cette idée à la sagesse du ministère; elle me semble digne d'être prise par lui en très sérieuse considération.

(26) Et, pour désarmer Dieu, s'il songe à l'en punir,
Donnons-lui son pardon. . . . .

J'ai dû songer à donner ce pardon à l'Europe, puisque dans tout le cours de mon poëme je n'ai pas perdu un seul

instant de vue l'idée d'une Providence constamment atten-
tive à ne pas laisser sans punition les fautes des chefs des
nations.

Comme celle qui, d'après ce système, serait réservée à
l'Europe, pourrait s'étendre jusqu'à la France même, j'ai
cru devoir former le vœu que Dieu, dans sa miséricorde,
lui en accorde la remise en faveur de sa sainte alliance,
qui, si elle est sincère, me semble pouvoir offrir une com-
pensation suffisante de sa faute commise en 1815.

AVIS.

On trouve à la même adresse les deux Poëmes sur le même sujet, publiés par M. le chevalier de FONVIELLE le 30 juillet et le 15 décembre 1823. Prix : chacun 1 fr. 25 c., et 1 fr. 35 c. franc de port.

On y trouve également :

1°. Son *Voyage en Espagne en* 1798. Prix : 5 fr. 50 c., et 7 fr. franc de port.

2°. Son *Recueil de Fables,* imprimé par Didot l'aîné. Prix : 6 fr., et 7 fr. 50 c. franc de port.

3°. Ses deux volumes d'*OEuvres Dramatiques,* gros in-8°. Prix : 16 fr., et 19 fr. franc de port.

Ces Ouvrages sont les seuls dont il reste encore des exemplaires, si ce n'est sa *Théorie des Factieux dévoilée et jugée par ses résultats,* qu'on peut se procurer chez DENTU, libraire au Palais-Royal, Galeries de Bois.

IMPRIMERIE ANTHELME BOUCHER,
RUE DES BONS-ENFANTS, Nº. 34.